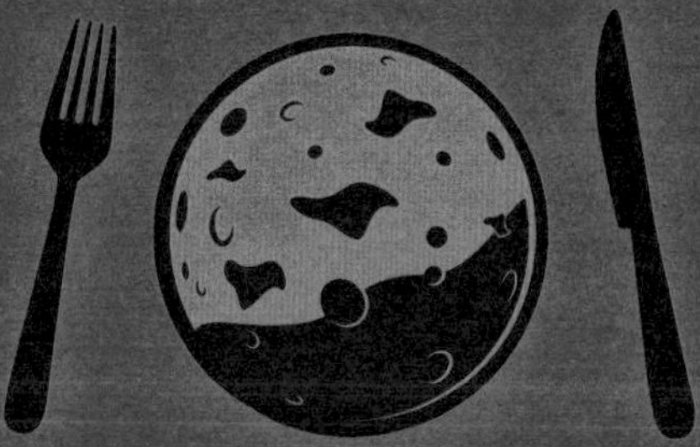

火星晚餐

DINNER ON MARS

改变地球未来的农业技术

The Technologies That Will Feed the Red Planet and Transform Agriculture on Earth

〔加〕
丽诺尔·纽曼
Lenore Newman
埃文·弗雷泽
Evan D. G. Fraser
著

阳曦 译

人民文学出版社
PEOPLE'S LITERATURE PUBLISHING HOUSE

著作权合同登记号　图字 01-2024-2233

DINNER ON MARS
by Lenore Newman and Evan Fraser

图书在版编目（CIP）数据

火星晚餐 ：改变地球未来的农业技术 ／（加）丽诺尔·纽曼，（加）埃文·弗雷泽著 ；阳曦译．-- 北京 ：人民文学出版社，2025．-- ISBN 978-7-02-019286-1

Ⅰ．TS201

中国国家版本馆 CIP 数据核字第 2025EH6965 号

责任编辑　陈　莹
装帧设计　刘　远
责任印制　孙子孟

出版发行　人民文学出版社
社　　址　北京市朝内大街166号
邮政编码　100705

印　　刷　北京新华印刷有限公司
经　　销　全国新华书店等

字　　数　143千字
开　　本　880毫米×1230毫米　1/32
印　　张　8.875　插页3
版　　次　2025年9月北京第1版
印　　次　2025年9月第1次印刷

书　　号　978-7-02-019286-1
定　　价　55.00元

推荐序 | 登陆火星的宇航员必须成为农民

对于地球上的人们来说，火星无疑是一颗充满神奇魅力的行星。夜半时分，每当它在黄道星座里升上天穹的时候，其表面那淡红色的光辉总是格外地引人注目；而且，它与地球也极为相似：上面既有极冠和稀薄的大气层，又有肆虐的风暴和随季节变化的图像。所以，早前人们揣测它是一个有生灵的世界，并非毫无道理。

作为太阳系的第四颗行星，这颗红色的星球从古到今一直牵引着人类的视线。可以说，没有一颗行星能够赢得比火星更多的关注，没有一颗行星能够像火星那样激发人们丰富的联想，并且在人类文化中占有如此重要的地位。事实上，也正是有关火星的种种新奇美妙的幻想，以及了解地球以外世界的渴望，拉近了科学和大众的距离，并激励那些太空时代的先驱者们，坚持不懈地进行探索和思考，进而打开了一条通向新世界的道路。

而此刻呈现在大家面前的这本书——《火星晚餐：改变地球未来的农业技术》，书名挺别致，科幻味十足。它以一种特别的方式，把火星探索与地球生活关联起来，为我们打开了一种认识事物的新视野，获得了重新审视农业本质的机会。

两位作者丽诺尔·纽曼和埃文·弗雷泽均系加拿大的食品科学家，还自称“都是狂热的科幻迷”，喜欢逃避现实的感觉，也欣赏优秀的科幻作品提供探索未来可能的发展方式。这就有意思了。

两位科学家写书的创想，萌发于五年前因疫情而被隔离的时段。此前，他们大部分时间都穿梭于世界各地，研究全球食品体系。新冠肺炎肆虐伊始，他们憋在家里，连厕纸都买不到之时，猛然感觉，所有的其他国度都远得像是在火星；同时意识到，只要发挥想象力，就有一个地方还能让他们研究全球食品体系：不妨做一个思想实验，琢磨一下该怎么在火星上活下去。

就在那个时刻，他们决定“去”火星，至少在精神上要做这样一次“旅行”，还想到了届时会遇到的第一个问题，也是最迫切需要给出答案的问题：登上火星后，晚餐该吃什么？往大里说，最早的火星社区必须做什么才能生存下去？在通过 Zoom 视频电话探讨相关事项、执行想象中的“任务”的过程中，他们逐渐开始相信，火星社区将能够成功地养活自己，并且在此过程中会发展出大量关联技术，推动留在地球上的人形成农业和食品生产的新范式。

说来火星确实堪称检验人类是否能够成功实现地外生存的绝佳实验场所。火星虽比地球到太阳的距离远了近一倍，但仍处于宜居带的外边缘。像地球一样，火星也会经历不同的季节，一个火星日的长度只比一个地球日长一点点，约为24小时零39分钟，这意味着我们可以在火星温室中利用自然光种植植物。火星大气的主要成分为二氧化碳，这对于植物的生长很重要。更关键的是，已发现火星上还拥有丰富的水源，以及我们生存所需的所有化学元素。

不过，事情也没有那么简单。

以目前的太空技术来看，从地球去往火星，单程就需要大约七个月的时间。因此有人打趣说：登陆火星的宇航员必须成为农民。甚至，还需要他们就地取材盖房子、开采源头活水。不能指望那些事关生存基本条件的食物和饮用水，都搞地球“发货”、飞船“快递”啊。

而“火星农业”的挑战也远超想象：稀薄的大气、强烈的辐射、有毒的高氯酸盐土壤，以及仅为地球38%的重力，都让传统农耕方式难以奏效。《火星晚餐》探讨的主旨话题，实则直指人类文明的核心命题——当资源匮乏、环境恶劣时，农业如何重新定义生存？

《火星晚餐》开篇，作者系统梳理了地球上自“绿色革命”以降数十年间，新的关键技术的出现如何彻底改变食品和农业体系，铸就了如今大多数人赖以生存的工业化食品体系，以及它们所产生的一系列问题。譬如灌溉系统、杀虫剂和氮肥的广泛使用，使农业的基础经济逻辑发生了根本性改变，可这种新型农业需要大量能源，还把食品体系与化石燃料绑在了一起。

今天，食品和农业体系已成为全世界水污染的最大来源，消耗淡水的头号大户，生物多样性丧失的最大推手，在全球温室气体排放中还“贡献”了约25%的份额。当然，还有蔓延到全球大部分地区的高糖高脂“西式膳食”所带来的公众健康问题。因此，我们的食物体系糟糕透顶，不适合养活21世纪的人类，亟需一场变革来“纠偏”。

书中指出，要在火星上维持生命，我们不需要靠运气去寻找大量稀有元素或者什么高级化学材料。恰恰相反，我们需要的是进一步了解地球。地球上令人眼花缭乱的多样生命，实际上都是由一些相对平凡的原子组成。科学家可以全面评估地球植物的遗传特征，然后向我们展示，这些基本构件如何组装成新事物。当然，火星探险家也需要善加利用火星本地出产的东西，包括大气中的二氧化碳、氮和氩，以及地下的磷、水和氧。

《火星晚餐》的独特之处在于，它将科幻想象与科学实证完美结合。从书中若干章节标题我们便可一窥其妙：蓝绿藻颂歌，种植微生物，鲜味和风土，暴君的黄瓜，火星生物铸造厂，破解光合作用，动物替代品的未来……

《火星晚餐》最深刻的启示并非某项具体技术，而是一种思维方式——“火星思考方式”。从本质上说这是一种资源革命：在资源极度有限的火星上，人类必须高效利用每一滴水、每一缕阳光，并为所有产出赋予多重用途。这种思维对地球同样重要，如作者所言，得站在火星人的角度思考：“要想象火星食物体系，我们得强迫自己思考该如何高效利用每种资源，并为每种产出找到多种用途。也许我们在地球上也应该形成这样的思考方式，而不是关注技术本身。”

作者在书中反复强调，火星农业的解决方案，终将反哺地球。这种思维其实已在当下地球农业中悄然萌芽。例如，荷兰的“垂直农场”正在用 LED 灯光和水培技术，生产出比传统农田高十倍的蔬菜产量。日本的“植物工厂”通过多层 LED 架，实现了番茄、生菜的全年无土栽培。中国的“光伏 + 农业”模式，通过太阳能板下种植耐阴作物，实现了能源与农业的双重收益。这些实践，也堪为“火星思考方式”的地球版本。

特别是，地球上近年来已建造多个“火星模拟基地”，通过模拟火星土壤的贫瘠与干旱，测试耐旱作物的生长潜力。科学家发现，木薯、高粱等作物在贫瘠土壤中的产量甚至超过在地球常规农田中的产量。这种“逆境生长”的能力，或许将成为未来地球农业的“救命稻草”。

《火星晚餐》中对藻类的开发应用也多有介绍。这种“超级作物”不仅能通过光合作用释放氧气，还能吸收二氧化碳、生产蛋白质和油脂。螺旋藻的蛋白质含量高达60%，是牛肉的两倍；而微藻中的 ω-3脂肪酸，甚至比深海鱼类更丰富。更令人惊叹的是藻类的“多功能性”——它们可以用作食物、燃料和建筑材料。

最近有报道称：科学家的研究表明，未来火星上的生物塑料栖息地可以用藻类建造。为了实现这一目标，需要先行从地球上带些东西去火星。美国科学家列出的清单是：一些藻类，一个小型生物反应器，一台3D打印机，以及几个用生物塑料（源自植物）制成的烧瓶状容器。研究认为，这块栖息地可以自行生长植物、循环往复，成为一个活生生的、自我修复的生态系统。

《火星晚餐》不仅是一本关于未来的科普书，更是一面镜子，映照出地球农业的困境与出路。如果说，登陆火星的宇航员必须成为农民，那么地球上的我们，是不是应该以火星为镜，重新思考一下如何更好地在大地上耕耘？

尹传红

中国科普作家协会副理事长

2025年8月

目 录 | Contents

献给卡佳和克里斯汀

——我们的共犯

引言　火星奇点

船难点

人们叫它“船难点”（the Boat Place）。

1859年5月30日清晨，弗朗西斯·麦克林托克（Francis Mc Clintock）船长抵达了这个被诅咒的地方。他的处境已经够艰难了。他的小队搭乘着“狐狸号”（Fox）蒸汽船在北极高纬度地区熬过了两个冬天。起初，除了腌制食品外，他们还有驯鹿、独角鲸、北极熊、海豹和海鸟作为补给；可是现在，几乎所有的野生动物都已绝迹，他们只能靠肉干和船上的饼干活命，跟坏血病做斗争。几天前，他们吃掉了几条雪橇犬。麦克林托克是一位经验丰富的极地探险家，但面对威廉王岛（King William Island），他只能说，没有比这里更阴森荒凉的地方了。

麦克林托克前往遥远的北极是为了寻找幽灵。十四年前，约翰·富兰克林爵士（Sir John Franklin）率领129个人去执行寻找西北航道（Northwest Passage）的任务。他的两艘船——英国皇家海军“幽冥号”（HMS Erebus）和“惊恐号”（HMS Terror），都是经过加固的海军炮艇，配有蒸汽引擎，满载最先进的极地求生设备。这趟旅程本应彰显英国的海上优势。然而，富兰克林连同他的船和手下消失在了的黑暗与寒冷中。这是英国探险史上最可怕的灾难。

接下来的十几年里，40多支探险队受命前去寻找失踪者。其中几支队伍的资助者是悲痛欲绝的约翰爵士遗孀——简·富兰克林夫人。直到1854年，探险家约翰·雷（John Rae）才利用他从北美原住民那里学到的生存技巧，在陆地上发现了真相：富兰克林带着手下向北航行，他们的船撞上了浮冰，最终，整支探险队被活活饿死。

麦克林托克的任务是：确认这便是富兰克林的最终命运①，而正是这个任务，让他目睹了船难点的孤独与恐怖。在遍布岩石的

① 富兰克林夫人拒绝相信约翰·雷，因为他没有亲自前往威廉王岛就采信了因纽特人的说法。由于她从中作梗，雷没能获得骑士身份，尽管他在旅途中发现了西北航道的最后一段。直到很久以后，他的贡献才得到认可。我们会在后文中再回顾约翰·雷的故事。——原注（如无特别说明，本书注释均为原注）

崎岖地面上，他发现了一艘28英尺[①]长的捕鲸艇，艇上搭载着几架可在陆地上拖行的雪橇。捕鲸艇内部和周围散落着乱七八糟的设备：成堆的衣物、怀表、发梳、一只珠绣钱包；上了膛的霰弹枪、测深绳、带纹章的银器、一本赞美诗；丝绸手帕、小刀、铅片。船上有两具衣着整齐的无头遗骸，残骸间散落着一些茶叶和数量可观的巧克力。雪橇指向北方，指向被困船只虚幻的希望，指向死亡。

麦克林托克搜集了一些证物，又返回“狐狸号”，喷着蒸汽的船返航了。

“而这，埃文，就是你没有带足午餐便一头冲向茫茫未知的下场。一切总是归结于食物。”

丽诺尔往椅子里一靠，微微打了个哆嗦，望向窗外灰雨中的加拿大温哥华。安大略省的埃文坐在Zoom视频的另一端。他也在发抖，尽管2020年夏日的暖意刚开始逼退料峭的春寒。

隔着半个大陆，我们都觉得冷。而且无聊。我们都在等待这个疫病肆虐的“北极之冬”赶快结束。丽诺尔的公寓感觉有点儿像

① 本书度量单位采用英制，读者可依下列数据自行换算：1英寸约为2.54厘米，1英尺约为30.48厘米，1码（3英尺）约为0.9144米，1英里约为1.609千米，1英亩约为4046.86平方米，1磅约为0.454千克。——编注

一艘被冻在冰里的船。埃文的空间大一些，但他家的人更多。我们聊天的时候，埃文不时会把笔记本电脑搬起来换个房间，好躲开那几个在家里乱晃的十几岁的孩子。

那天我们来了场头脑风暴。在此之前，我们已经断断续续地聊了差不多两个月。我们是多年的同行兼朋友，但隔离加快了谈话的节奏。

新冠疫情带来的隔离刚刚开始时，我们主要在哀叹泡汤的旅行。疫情暴发前，我们大部分时间都穿梭于世界各地，研究全球食物体系。但在2020年3月，所有的其他国度都远得像在火星。

于是，在那命中注定的一天，我们意识到，只要发挥想象力，就有一个地方还能让我们研究全球食物体系：我们可以做一个思想实验，琢磨一下该怎么在火星上活下去。起初，我们都觉得这个主意很傻，但随着讨论的深入，思想实验演变成一项通过 Zoom 实施的两年期任务 —— 视频这头是一个足以引发幽闭恐惧的狭小房间，那一头也是。

2020年4月，新冠疫情刚刚暴发，到处都没有厕纸，在那样一个时刻，我们决定去火星，至少在精神上。当然，第一个问题是：登上火星后，我们的晚餐该吃什么？[①] 这个问题看起来可能有点奇

---

① 事实上，疫情持续的时间足够让我们真的登上火星。

怪，但它却最迫切需要答案。可怜的富兰克林吻别妻子、将最后一批淡水桶装上船、启航越过地平线的近两百年后，人类正在考虑踏上一段旅程，前往更幽深的荒凉地带——外太空，以及掩藏在那片丝绒般的黑色之后的——火星。

本书讲的是：要避免富兰克林、克罗泽（Crozier）和无数失败的探险家曾经面临的饥荒，最早的火星社区必须做什么才能养活自己。尽管往事中飘荡着“饥饿幽灵”，我们的故事仍是乐观的。在执行想象中的任务的过程中，我们逐渐开始相信，火星社区能够成功养活自己，并在此过程中发展出革新地球农业的技术。

看起来很荒谬？我们认为并非如此。我们的日常职业是学者。我们写严肃的书，做严肃的讲座，为加拿大和其他国家政府高层提供建议。在做所有这些工作的时候，我们运用自己的专业能力制定战略，可持续地养活全世界不断增长的人口。我们致力于解决与气候变化和肥胖有关的问题，研究如何帮助人类摆脱粮食安全的困境，寻求保护耕地的最佳方式。尽管如此（又或许正因如此），在我们看来，弄清第一代火星居民以何为食，或许能决定未来的人类如何养活自己。

本书完成之时，将人类送上火星的梦想正风靡一时。亿万富翁和太空狂人正在将红色星球之旅从影影绰绰的幻梦点化为可想象的未来。美国国家航空航天局（NASA）、欧洲航天局（ESA）和加拿大航天局（CSA）筹备着在月球和火星上建立定居点。某些全世界最富有的人大谈飞向新世界的豪言壮语。

或许是因为疫情局限了我们的视野，才引发了这场太空热潮。也许卡尔·萨根（Carl Sagan）是对的。他曾写道："尽管按部就班的生活有种种物质上的便利，却无法安抚我们的不安与空虚。哪怕已经在村庄和城市里生活了400个世代，我们依然没有忘记。迢迢的前路仍在轻声呼唤，仿佛一支近乎被遗忘的童谣。我们总爱赋予远方一层浪漫色彩。我怀疑，这种渴望已被自然选择精心塑造为我们生命中一种不可或缺的要素。长夏，暖冬，丰收，富足——这些都无法永恒持续。我们没有能力预测未来。巨大的灾难总会以某种方式悄然逼近，弄得我们措手不及。你的生命，你所在的群体，甚至你的整个种族或许都得感谢那不安分的一小撮人——出于某种连他们自己都说不清道不明的渴望，他们总是向往未被发现的土地和新的世界。"①

也许我们都在沙发里坐了太久，看了太多网飞（Netflix）公司的节目。

---

① 这段文字出自卡尔·萨根的著作《暗淡蓝点：探寻人类的太空家园》序言，1994年巴兰汀图书出版，第14页。

无论出于什么原因，我们似乎正处于新太空竞赛的风口浪尖，在火星上生活的前景从某种角度迎合了这个时代的精神。但在内心深处，我们应该时刻铭记北极腹地的寒风，它吹拂着被遗忘的废船上破碎的帆。

第一次登上火星将彻底改变我们这个物种的游戏规则，但从某种角度来说，与这个任务的难度相比，开着“幽冥号”和“惊恐号”强行穿过冰封的西北航道简直算不得什么挑战。

人们会死在火星上。他们会死于窒息，会被低至零下150℃的低温冻僵。他们会在低重力下跌跌绊绊，会被辐射困扰——而在地球上，厚重的大气层足以削弱辐射。尽管将人送上红色星球的成本高得惊人，他们还是会死。“火星计划”需要耗费的数十亿美元在地球上能派上很多用场：修建学校、培训医生、纾解贫困。所以，开宗明义，我们不妨坦率地问：为什么要去？为什么要大费周章，在距离我们演化适应的星球如此遥远的火星上定居？第一批飞往火星的人所面临的风险是惊人的。

为了给这趟虚构的旅程搭建舞台，我们编了一个小故事。和本书的每个章节一样，这个故事是通过Zoom视频电话商量出来的。当时，埃文的家乡圭尔夫（Guelph）雪花纷飞，一派田园风光。

而在丽诺尔背后，雾中的温哥华灯火璀璨。

“埃文，”丽诺尔开了头，“我希望你想象一条河……”

这条河水深浪急，隔开了两座繁华的城市。商人们只能壮着胆子，借助昂贵、缓慢、危险、难以预测的渡船来完成交易。

有一天，一位工程师站在河岸上，想着要是能在河上修一座桥该有多好。但主河道太宽，她知道，哪怕做出最好的设计，这座桥也会因为无法承受自身重量而坍塌。

“除非，”这位工程师想，“我能将作用于桥身的巨大力量分散到桥墩上。这样就能把桥建起来了。”我们的工程师能想象这样一座桥，但她还造不出来。

人类解决这个问题的方法有几种——收钱摆渡的船夫；下游20英里处有一片浅滩——但这位工程师想到的是最优雅的解决方案之一。她设计了一座桥，支撑桥身的石礅以优雅的弧线伸向对面。而在连接处，她想象出了一种全新的东西：一块拱顶石。楔形的拱顶石补足了弧线，固定了桥的位置，并将桥身的巨大重量分散到了河岸两侧的石礅上。

无论是从字面意义上还是从比喻意义上说，那些构想出拱顶石技术的人都至关重要。我们铭记着他们。他们与历史上“灵光乍现”的伟大时刻息息相关。世界由此改变，不可能成为可能。

但只有拱顶石还不够，因为某件事在理论上可行并不代表它一定能够实现。比如，这位工程师可能会发现，开采这么多石头太慢、太难；或者把原材料运到工地的成本太高；或者现有的砂浆太脆弱，无法承受拱桥的重量。要让理论上可行的桥梁成为现实，需要的不仅仅是拱顶石技术，还必须解决大量次级和再次级问题。

这位工程师可以等待这些次级问题通过渐进的革新或其他关键技术的发展来解决，也可以自己主动解决部分或所有问题。其中的部分创新可能会进展迅速，另一部分可能会因缺乏技术支撑而走进死胡同。还有些新变化甚至可能会对我们的工程师造成不利影响，譬如石匠的时薪上涨。但有趣的是，这些问题单拎出来不一定会产生多大影响；搜集、整合所有支撑技术和流程的能力才是决定你能否实现全新创造的关键。

虽然支持创新的后续变化比原始创新本身更微妙，但从目前来看，原始创新的影响也更为深远。突然之间，这座桥并非只存在于理论上或实践上，它必然会建成。桥修起来了，渡船服务一去不返；接下来，大跨度桥梁开始出现在河流的上游和下游（也出现在全世界的其他河流之上）。次级创新和三级创新引发了技术的指数级进步和成本的指数级下降。世界走过了一个奇点，从此以后，历史被永久性地划分为大跨度桥梁出现之前和之后两个时代。从拱顶石开始，其他创新者进一步发展出了系杆拱桥、下承拱桥、斜拉桥和悬索桥。最终，我们开车穿越金门大桥，而全世界的渡轮从业者却百思不得其解：到底发生了什么？

"所以实际上我们讲的是两个故事。其中一个故事讲的是：缺乏远见和应变能力会带来灾难……这是富兰克林的故事。但在另一个故事里，创新掀起了正向改变的浪潮……我们的工程师和她的桥。"

"一点没错，埃文，精彩的是，在探索火星的过程中，这两个故事都有可能发生。崩盘还是进步。失败还是幸存。幸存会让我们更强大。"

"这么说的话，食物就是那块拱顶石？"

"对极了！事实上，它在很多时候都是。"

丽诺尔的"河流寓言"以一种有趣的方式讲述了创新是如何推广开来的。在本书中，我们描述人类建立火星社区的雄心壮志时，也会采取这种方式。它也很适合用来描述近百年前那场绿色革命(Green Revolution)的始末。在那几十年间，新的关键技术彻底改变了食物和农业体系，带来了如今大多数人赖以生存的工业化食物体系。

按照大部分史书的说法，绿色革命的始祖是诺曼·布劳格（Norman Borlaug），他因帮助养活了全球不断增长的人口而荣获诺贝尔奖。布劳格在20世纪五六十年代的工作最广为人知——在他的帮助下培育出了产量远高于旧时品种的高产小麦和稻米。我们通常把布劳格培育的植物看作“拱顶石”般的重磅创新。

但要深究绿色革命的历史，我们就会发现，布劳格这样的植物育种家创造的关键技术只是对20世纪早期出现的另外几种技术突破的整合。

故事大致如此：在历史上的大部分时期，水资源、劳动力和植物可用氮数量限制了农民可耕种的土地面积和该地的产量。一万年来，农民咬牙挥汗，千方百计突破这些基本限制。各国发展出压榨劳动力的体制，例如古苏美尔人用奴隶来挖掘巨型灌溉渠。各地农民靠施肥和种植豆科作物来确保土壤含氮量。牛、马甚至人都被套上犁去挖地。赤道附近的岛屿满是富含氮元素的鸟粪，遂遭军队占领，收获的鸟粪滋养了欧洲和北美洲的土地。

到20世纪初，人类逐渐发现了利用工业来克服这些限制因素的方法。1920年前后，拖拉机开始取代马和人，成为众多农业体系中最重要的劳动力。越来越大的柴油发动机带来了更深的井和更有效的灌溉。一位名叫弗里茨·哈伯（Fritz Haber）的化学家和一位名叫卡尔·博世（Carl Bosch）的工程师弄清了如何通过化学过程生产氮肥。

到1940年左右，工程师和科学家已经熟练掌握了新方法，给农作物提供超过其需求的水、氮和劳动力。然而尽管旧时限制产量的条件被一一突破，这些技术却既未带来产量跃升的新远景，也没有改变农业的形态，原因很简单：决定性的关键技术尚未出现。问题在于：即便有了充足的氮和水，传统品种的小麦或水稻也只会长得更大、更重，以至于无法成熟。植株会被自身重量压垮。诺曼·布劳格的贡献在于：他培育出了谷穗饱满也能挺直腰杆的短茎品种。这些所谓的矮秆种就是将其他所有革新融合成“奇点时刻”的关键技术。

突然间，隐喻之桥已成。持续了一万年的农业形态在一代之间全然改变。

马粪问题

“但这和火星有什么关系？”丽诺尔在电话中讲了河流和拱顶石的故事，以及20世纪的农业史后，埃文问道。

“重点有两个，”丽诺尔回答，“首先，弄清火星晚餐该吃什么可能是个类似于拱顶石的重要事件。要在火星上生活，我们需要发展那么多相互关联的技术，一旦完成了这个任务，地球这边也势必会出现一种生产食物的新方式。”

丽诺尔正绕着一堆罐装和纸袋食品走来走去。

“好吧……”（埃文还是有点怀疑。）

“第二个任务更为紧迫。我们需要变化。从绿色革命沿袭至今的现有体系已经完成了它的使命。这种体系消耗的能源太多，太容易被气候变化影响，污染太重，对土地太不友好，哪怕用了那么多拖拉机，它依然需要消耗人力。这套工业体系诞生于一百年前，那时气候变化和生物多样性尚未成为我们担心的问题。要活过下一个一百年，要避免地球被彻底破坏，人类需要一套新体系。火星任务也许会触发另一桩‘拱顶石事件’，一个‘**火星奇点**’。这都是马的问题！”

“马？马和火星又有什么关系？”

丽诺尔笑了。她正等着这个问题。

绿色革命期间，要衡量变革的规模和步调，马是很有用的晴雨表。1920年，美国拥有超过2500万匹马，美国农民投入了4500万英亩土地来种植燕麦，养活马匹。社会依赖这些牲畜，它们是农业和运输业的支柱。相应地，全国经济体系中包含了大量铁匠、蹄铁匠、养马人和兽医。

然而，很多问题也与马有关。1898年，全世界的代表齐聚于纽约，参加一场如今被视为全球首次城市规划大会的会议。这些代表的任务是为19世纪的重大城市问题寻找解决方案：该如何处理堆积成山的马粪。当时的媒体提出，五十年内，伦敦的街道将被厚达9英尺的马粪淹没。与此同时，在纽约，规划者们预测，到1930年，马粪会堆到三楼的窗户那么高。根据传闻，与会者无法达成任何解决方案，大会在激烈的争执中草草落幕，比预定的日程提前了好几天。

马粪末日当然没有降临。到1960年，全球已经完成了绿色革命。拖拉机取代了农场里的马匹，卡车在北美大地上奔走运输。灌溉系统、杀虫剂和氮肥得到了广泛使用，农业的基础经济逻辑发生了根本性改变。矮秆种小麦和水稻遍地生根，在提升了产量的同时也赶走了饥饿。地球上的食物总产量激增。时至今日，多亏了这些技术，这颗星球上每个女人、男人和孩子都能获得2800卡路里的食物热量——多么不可思议。这意味着，现在的日均食品产量比人类历史上的任何时候都要多。①

随着变化的发生，美国的马匹数量暴跌了85%，种植燕麦的土地面积缩减了约90%。一定有无数铁匠和养马人因此失业，以前种植燕麦的农民也只得另觅新市场，或改种别的作物。

不过，尽管被马粪淹没的担忧已不复存在，新的工业体系却引发了一系列新问题。拖拉机、杀虫剂、肥料和灌溉系统意味着现代农民需要的工具是昂贵的，只有资金充裕的农民才能生存下来。世界各地的小规模种植者因此深受其害。

此外，肥料、灌溉系统和拖拉机都需要大量能源，这种新型农业把我们的食物体系与化石燃料绑在了一起。这些新技术共同催生了一系列问题。

我们两人就此议题写过五本书和一百五十多篇文章。②简言之，

---

① 但是，尽管食品产量如此之高，饥饿却在蔓延。之所以出现这样的局面，很可能是多种因素综合作用的结果：气候变化，社会动荡，还有日渐加剧的财富不平等，少数人变得非常富有，与此同时，底层的亿万人却被甩得越来越远。

② 热心读者或许想看看丽诺尔的《绝世美味》（*Lost Feast*）或埃文与伊恩·莫斯比（Ian Mosby）、莎拉·罗茨（Sarah Rotz）合著的《不确定的收获》（*Uncertain Harvest*）。

这些作品说明：今天，食物和农业体系是全世界水污染的最大来源、消耗淡水的头号大户、生物多样性丧失的最大推手，在全球温室气体排放中贡献了约25％的份额。我们生产的食物大约有30％被浪费掉了，蔓延到全球大部分地区的“西式膳食”含有如此多的简单碳水化合物、糖和脂肪，以至于肥胖和糖尿病成了威胁公众健康的头号问题。如果每个人都改吃国家食品指南提倡的膳食，那么全世界的果蔬产量差不多需要提升四倍。长话短说：我们的食物体系糟糕透顶，不适合养活21世纪的人类。

如果说20世纪中期见证了关键技术的发展，催生了如今这套工业化食物体系，那么21世纪将需要另一场变革，来纠正现有食物体系引发的诸多问题。丽诺尔认为，这场即将到来的变革可以通过在火星上发展一个自给自足的社区来实现。在本书创作之初，埃文并没有丽诺尔那么坚定，但在合作过程中，他逐渐看清了她的意图：要在火星上养活一个社区，我们需要解决的正是那些同样困扰着地球食物体系的问题。

“好吧，我们需要上这关键一课。”

我们已经掌握了通过Zoom交流的技巧，丽诺尔正带着埃文梳理构建这本书的最终逻辑。

“从马到拖拉机，从个体农户到工业化农业，我们可以推导出一套能应用于火星的通用创新理论。在火星上运用它的过程中，我们也将得到改变地球现状所需要的一切。怎么样？”

埃文点点头，不算心悦诚服，但他愿意继续玩下去。

“首先，我们可以为一个问题设想解决方案——随便什么问题都行。不过既然讨论的是食物，我们不妨想个食物方面的例子。比如，如何在冬天为加拿大这样的国家生产果蔬。致力于这个问题的科学家、农民和政策制定者会发现，要解决这个问题，我们必须解决某些不可能的问题——要在一月种植番茄，我们需要先解决加拿大的**冬季**。这就是我们要找的那块“拱顶石”。很多大学实验室和初创公司努力了几十年，试图找到这类问题的解决方案。

“在火星上发展人类聚居地大概是人类历史上最复杂的问题之一。它由数以万计层叠累积的次级问题组成，其间夹杂着许多缺失的关键技术和理论上可行但目前仍无法实现的实践过程。部分技术已经有了眉目，也有些尚不可及，还有一些目前仍无从想象。但我们正朝着目标迈进，一旦成功抵达，在最宽阔的河流上筑桥的设想就不再只停留在理论上，而将成为现实。

“我们正在靠近那个点——我称之为‘火星奇点’。只要越过它，在红色星球上栖居不仅可行，而且势在必行。在此过程中，我们还将发展出大量关联技术，推动留在地球上的人进入农业和食物生产的新范式。”

“好吧，”埃文说，“让我们来规划火星晚餐。”

隔着一块大陆，我们开始工作。

PART 1

红色地平线

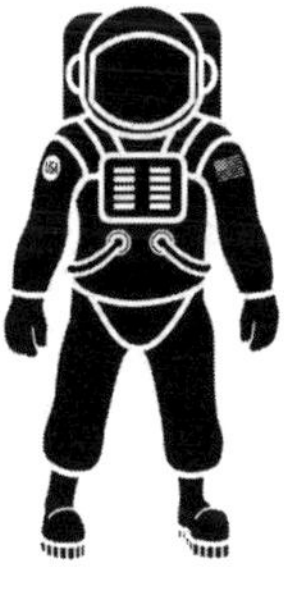

第一章　抵 达

我们都是狂热的科幻迷。我们喜欢逃避现实的感觉，也欣赏优秀的科幻作品提供探索未来可能性的发展方式。最优秀的科幻作品提供人类如何在不同条件下生存的思想实验，由此启发我们解决眼下的问题。尽管罗伯特·海因莱因（Robert Heinlein）和艾萨克·阿西莫夫（Isaac Asimov）的作品已经略显过时，并且亦有这样或那样的问题，但这些“世界构建者”的故事读来非常有趣。我们一致认为，21世纪初的重启版《太空堡垒卡拉狄加》（*Battlestar Galactica*）是有史以来最棒的电视剧集之一（但它的结局就别提了）。而我们之所以会购买亚马逊网站的金牌会员，唯一的理由是电视剧《苍穹浩瀚》（*The Expanse*）。

所以，请容许我们沉溺片刻，试着为你描绘火星城市可能的模样。

想象一下，现在是21世纪80年代，你是前往红色星球的第三批或第四批先遣队成员。或许你是一名教师，要去教育第一代出生在火星的孩子；或许你是一位演艺人员或艺术家，要为已经具备基本生存条件的社区注入一点文化生机。

还有，请想象，在气候变化的影响下，地球上大部分人的生活已经变得举步维艰。自21世纪20年代以来，形势日益恶化，我们的领导人没有勇气解决问题，人口爆炸、不平等、贫困和水资源短缺让大都市变得极不宜居。对很多人来说，地球已经变得炎热、肮脏、拥挤。

但在这个未来世界，另一种选择出现了：火星上建立了一个永久性社区，人们排着队等候前往的机会。要去的人不仅仅是工程师、宇航员和科学家。联合国正在征募来自各行各业的先遣队成员。第一批去的是探险家和科学家，在你报名参选之前，一批批机器人已经陆续抵达红色星球，为人类奠定地基，修建基础设施。

第一批机械先遣队在21世纪初就已抵达。这些机器只是简单地巡查环境，分析火星风化层样本，这些覆盖在岩床上的浮土主要由沙尘和砾石组成。它们传回来的风景照如梦似幻，激发了地球人的想象力。

这些机器人有火星轨道上的卫星支援。火星车和卫星通力合作，帮我们确定了最理想的人类聚居点。最初，适合建设人类基地的地点似乎有好几个。

我们可以想象这些备选地点。第一处是北极附近一座平平无奇的环形山，它坐落在北方荒原（Vastitas Borealis）上，这片广袤的平原覆盖了火星北半球的大部分土地，地面上点缀着一些看起来差不多的撞击坑（火星大气层稀薄，意味着随机的太空碎片撞击地表的概率远高于地球）。我们说的这座环形山大致位于北纬70.5°，东经103°，直径约35千米，深约2千米。它别的方面都乏善可陈，只有一个关键特征：一大片结冰的水。2005年，欧洲航天的火星快车号（Mars Express）飞船首次发现了这片水域，在水源附近建立永久性基地的好处不言而喻。水是所有永久性社区不可或缺的关键资源，它既能维持人类生命，也能充当燃料源（水分子可以分解成氧和氢，用于制造燃料电池）。生产食物也需要水。在火星上，一座装满水的环形山和在地球上一样美妙。

第二个可能的地点位于更偏南的中纬度地区。从这里可以挖一条隧道，通往北纬40°、西经70°坦培·门萨（Tempe Mensa）区域的崖壁。2021年，阿比卜（Abiboo）建筑工作室将这里作为火星城市可能的建设地。① 坦培·门萨斜坡可以遮挡射向火星表面的大量有害辐射。辐射将成为火星居民担忧的一大隐患。

不过，无论在哪里，建设一座社区的费用都过于高昂，任何一个国家或身价上亿的企业家都无法独立承担。但是，在另一颗行星上看到人类社区的渴望如此强烈，令人无法抗拒。因此，到21世纪30年代，火星梦催生出一场前所未有的合作，由此揭开人类历史的新篇章。起初，外交官、工业巨头和科学家们为合适的选址展开讨论，经过大量论争，最终选定以坦培·门萨岩壁为基地。虽然大家都一致认为，该区域水量不如南北极丰沛，但经过详细的勘测，在中纬度的大部分地区发现了充足的地下冰（有点像地球上的冻土层）。这些地下冰在紧急情况下也能发挥作用，大家普遍认为，对未来的火星人来说，坦培·门萨斜坡算得上宜居的黄金地带。这里比极地暖和些，附近的冻土层有合理的水资源储备，大片稳定的岩壁可供挖掘隧道，为人类聚居地提供遮蔽，挡住有害辐射。

地点确定以后，下一拨机器人开始抵达。挖掘机从风化层里铲

① 这是现实世界里已经发生的事情，概念图链接如下，埃文和丽诺尔觉得这些图棒极了：https://abiboo.com/projects/nuwa/。（编按：这家西班牙建筑设计公司于2021年携手众多科学家，设计出全球首份火星生活计划。）

起满是碎冰的石块，一座小型自动核反应堆开始提供能源。接下来，一批自动太阳能电池板降落在坡顶，像蝴蝶般振翼展开。运费昂贵的搅拌设备和铸造设备将本地的岩石和矿物炼成水泥和钢。成建制的轨道太空镜和气球搭载的太阳能聚光器将阳光聚焦到太阳能电池板上，用以补充核能。

之后抵达的是3D打印机和各种特殊加工组件，例如来自地球的计算机芯片。这些装备被用来加强太空学家所谓的ISRU——“就地资源利用”(in situ resource utilization)①，由此催生出第一代大型自动机械。它们开始在岩壁上挖掘隧道，先是建造出简陋的空间，随后逐步完善成更为复杂的未来人类聚居地。紫外线滤光玻璃、工艺精湛的镜子，以及大量就地制造的光纤让自然光照进洞穴——但并无有害辐射。

我们可以想象，火星任务难免会遭遇挫折。大约在这个过程进行到一半的时候，总有几台机器会出毛病，我们不得不派遣一支人类维修队去解决问题。第一批先遣队成员大多会在十年内死于辐射暴露引发的癌症。接下来，早期聚居区的一场火灾会夺走

① 在太空探索中，就地资源利用是收集、加工、储存并使用在其他天体（如月球、火星、小行星等）上发现或制造的材料的做法，这些材料取代了自地球携带的材料。——编注

五位工程师的生命。总有这样那样的费用超过预算，新社区该起什么名字又会带来严重的外交危机。全球政治、经济精英经过紧张的谈判，提出了几个备选方案：詹姆斯敦、新迪拜、贝索斯村或者马斯克界①，都是有力竞争者。最后，大家干脆称它为“基地镇”(Base Town)，这个名字就此固定下来。

现在你来了，在美国、欧洲、印度和中国的第一批火星车发回红色景观照的六十年后，你降落在基地镇，开启新生活。

社区本身已经扩张到大约一万人的规模，并将在下一代达到十万人。基地镇依然离不开地球定期运送的原材料和成品货物（更别说咖啡或巧克力之类的奢侈品）。但从商业案例的角度来看，整个实验开始变得像模像样。为建设基地镇发展出来的技术让小行星带自动采矿作业得以实现，为探索外太阳系奠定了基础，也为火星社区带来了经济动力。

更重要的是，为在火星上生存而发展出的技术已经开始改变地球上的生活。为了将火星大气中的氮和二氧化碳转化为有机分子而培育的蓝藻菌被出口回地球。如今，在我们的家乡，这些蓝藻菌正在吸收工业时代残留在地球大气中的二氧化碳，帮助人类

① 我们也可以想象，理查德·布兰森（Richard Branson）的继承人想给这地方起个“维珍领地”之类的名字，但我们希望这个提案会被直接拒绝。

恢复退化的耕地。基地镇在巨型生物反应堆里合成蛋白质的方式也被传回地球——气候变化限制了畜牧业的发展，合成的蛋白质能维持人类的健康。

不过，当你乘坐摆渡舱从轨道着陆坪前往基地镇在岩壁上开凿的入口时，你看不到这些细菌生物反应堆。它们在地表不会留下太多痕迹。这些反应堆不过是埋在地下的巨型罐子，靠外界输入太阳能和二氧化碳维持运转。阳光通过光缆导入地下，所以基地镇的大部分居民只是隐约知道镇上有这么一部分设施。

吸引你注意力的是由加固的窗户和天窗组成的蜂巢状岩壁——每个人都会被它吸引。这些窗户经过精心设计，可抵挡陨石的撞击；彩色玻璃可过滤有害辐射，同时尽可能透入更多阳光。当你走出摆渡舱，踏入基地镇的主夹层，迎接你的是一片绿意盎然、光照充沛、开阔得令人惊讶的空间。基地镇坚持的设计原则之一是确保进入这里的每一粒太阳光子都有多种用途。植物最好种在各种有日照的地方。每株植物都会吸收多余的二氧化碳，释放氧气，净化水源，将有机分子转化为食物。这些植物看起来也赏心悦目：去地表远足既困难又危险，火星上的大部分人都待在室内。植物和人的比例是一千比一。

这些植物经过培育，可以应对低重力和气压更低的环境，而且都种在水培液里，但你对基地镇的第一印象还是：这里的每个居民肯定都是园艺大师。

从地球到这里是一段漫长的旅途，几个月来，你的饮食一成不变，全是冻干和超加工食品。所以，你迫不及待想品尝火星风味。发现了一片长满草木的美食街区后，你用自己的新身份卡点了三文鱼刺身、烤海苔和田园沙拉，然后浏览着酒水单，挑了一杯奶昔。

菜单上的东西都标明产自本地，传送带送来的菜品给你留下了愉悦的印象。

刺身实际上是3D打印的细胞培养物，只是看起来像是从三文鱼身上切下来的，咬下去，口感令人愉悦，你开始好奇：也许这种技术能帮地球上的三文鱼逃脱因被过度捕捞而濒临灭绝的命运？

海苔吃起来和地球上的一模一样，田园沙拉也是，只是这份沙拉比你习惯的新鲜得多，因为今天早些时候，它才刚从水培床上被摘下来。至于奶昔，那里面的乳蛋白经过了特别设计的发酵过程，但你不知道它的味道和正宗的牛奶有没有区别，因为你此前从未尝过“正宗”的乳制品。六十年间，地球上肉牛和奶牛的数量锐减，如今很难吃到真正的牛肉和乳制品，于是很多人选择不吃。无论如何，这份火星奶昔既清爽又浓郁。

吃完火星上的第一餐，你小心地将餐具放进消毒舱，一丝不苟地将盘中的每一片有机物刮进一台精密的堆肥设备。关于这一点，联合国的太空先锋培训课说得很清楚。火星上不存在浪费。资源稀缺，每样东西都必须精心管理。这也许又是我们多年前就应该在地球上学到的一课。

你环顾自己的新家——新的开始——心里想着，**这可能也没那么糟。或许母星上的人能从我们建设的体系中学到些什么？**

第二章　基 地

雅各布二二的挑战

“我想，我们要做的第一件事是解决最显而易见的问题，”随着本书的大纲逐渐成形，一个阳光明媚的下午，埃文对丽诺尔说，“有人坚持告诉我们，与其要在一颗据我们所知从未栖居过生命的行星上设法生产食物，不如直接把食物送上火星——这会简单得多。那里冷得要命，太阳能少得可怜，没有液态水，要在这样的环境里设法构建整套生态系统，或许不如用火箭、太空电梯、引力弹弓甚至巨型弹射器把维持基地镇所需的基础原料送过去？这样更简单，也更便宜。”

丽诺尔琢磨了一会儿。她需要算一算。

几天后，我们再次碰头，好让丽诺尔清晰地列出一系列合理的论据。但她从一个异乎寻常的地方开启了话题……

“埃文，还记得70年代的那本童书《雅各布二二遇见兜帽方》（*Jacob Two-Two Meets the Hooded Fang*）① 吗？故事开始时，雅各布的妈妈派他去商店买菜。唔，如果雅各布是火星人，而菜店老板全靠地球供货，会发生什么？即使不算运抵番茄所需的时间，要把那两磅红透的番茄送上火星，运费也会高得离谱。

“我是说，按照NASA的估算，把一磅载荷送上地球轨道，需要花费一万美元。要是那些番茄来自地球，光是把它们送进太空，还不算从地球轨道送到火星、再重新进入火星大气层的费用，就意味着：在我们设想的基地镇里，一个外卖的蛋黄酱番茄三明治至少要花掉一位NASA宇航员两个月的平均薪水。②”

从时间和经济方面考虑，火星太远，不适合外卖。自给自足、食品自主、自力更生才是未来的火星秩序。这意味着我们需要自下而上设计整套生态系统。火星人必须就地取食。

① 这是个奇怪的故事，真的。当妈的竟会让一个四岁孩子去店里买东西。（编按：《雅各布二二遇见兜帽方》是一部儿童奇幻冒险小说：雅各布二二有两个哥哥和两个姐姐，每句话都要说两遍他才能被听见。某天，妈妈让他去买两个番茄。在杂货店，他撞伤了头，醒来后已经在法庭上，被判刑两年两个月两星期零两天两小时两分五秒。在儿童监狱，他和疯狂摔跤手等同伴一起，想方设法逃离了这里。）

② 根据美国航空航天局网页2021年数据，宇航员起薪约为每年65000美元。

要想象这个目标该如何实现，我们需要理解地球食物体系的根基。底层是生态学家们所说的自养生物（autotrophic organism）——能够自己制造食物的初级生产者。植物是最广为人知的关键自养生物，光合作用使它们得以将阳光转化为氧气和糖。植物是地球上绝大多数食物链的基础，植食动物吃的就是它们（在植食动物被肉食动物吃掉以前。生命体死亡后，又会通过食腐生物回归土壤，实现闭环）。这意味着火星生态系统也需要从自养生物开始。但植物不只需要阳光和二氧化碳，还需要水和薄薄一层富含有机质、微生物活动旺盛的表层土。事实上，植物不能完全自给自足，它们是一整套复杂生态系统的一部分，这套系统涉及诸多不同物种和分类群的协同作用。

以氮为例。在地球上，大气层中富含氮，以氮气分子的形式存在。但是氮气分子中的氮原子结合得过于紧密，无法被植物利用。而氮是蛋白质的基本组成单元，缺乏可供植物利用的氮是限制前工业时代大部分农业体系产量的问题。不过，某些物种的植物（尤其是豌豆、菜豆或苜蓿之类的豆科植物）和土壤中的微生物形成了共生关系，这些微生物能将空气中的氮“固定”为植物可利用的形式。作为交换，固氮微生物以植物为食，达成共赢。所以世界各地的传统农业体系都会轮作豆科植物和谷物，以这种方式维持土壤肥力，实现高产。

豆科植物和微生物合作固氮，只是土壤、微生物和植物协同合作的众多方式之一。当然，火星上没有这种进化遗产。在火星上，我们不得不从零开始。

这是个“好消息 / 坏消息”的故事。好消息是：我们已经拥有在火星上创造生命的一些关键要件。那里的大气富含二氧化碳和氮气，风化层里植物需要的营养元素也很充足，比如磷。关键在于，火星风化层中还有冻结成冰的水，这些水可以被融化并加以利用。或许我们还能从极地开采水源，那里至少已经发现了一片冰湖。太阳能也有一些。

但困难也很大。简言之，火星很冷。真的很冷，平均只有零下60℃（但温度的跨度从极地冬季的零下150℃到赤道夏季的20℃）。作为一颗更小的行星，火星上的重力大约只有地球上的三分之一，这意味着地球的大气层密度差不多是火星上的100倍。红色星球距离太阳比我们远得多，所以它接收的太阳能大约只有地球的一半，而且由于它的大气层非常稀薄，有害辐射也很常见。最后，火星的表层土中还有一些被称为高氯酸盐（例如 ClO_4^-）的化合物，它会毒害人类和植物。

要在这样的环境下设计出能正常运作的生态系统，这是个极大的挑战。尽管如此，我们可以把这个目标拆解为一系列步骤，其中每一步都有某种解决方案。

首先，我们需要水，而我们知道，极地有足够的水可供开采，火星表层土里还有少量冰，可以被搜集、融化，用以维持植物生长。火星人必须非常小心，避免浪费水资源，但这并非无法克服的困难。

然后是能源。要在火星上立足，我们几乎肯定要从地球上进口某种小型核能发电机。但基地镇还需尽可能利用太阳能。我们需要用传统的太阳能电池板生产额外的电力（但这些电池板必须配备可自清洁的表层，以免在火星尘暴中被埋）。除此以外，火星还需要太阳能聚光器、过滤器和搜集器（基本上就是镜子、透镜和光纤），才能把照射到外太阳系的有限阳光汇聚到一处，过滤掉光谱中的有害部分。这些搜集器和聚光器需要安置在不同位置：地面上、轨道卫星上以及气象气球上。

然而，即使解决了这些问题，要为基地镇建立一套生态系统，我们还缺少至少一个关键要素。植物生长不能只依靠水和阳光，要把火星农场办起来，我们还需要供应充足的有机分子和有益细菌。说到这里，我们就要关注植物之外，能为食物系统构建自养根基的其他初级生产者。我们需要蓝藻菌。火星上的食物金字塔将拥有和地球不一样的基础层，那就是能将简单无机成分转化为有机营养物质的勤劳微生物。

蓝绿藻颂歌

沼泽里有很棒的东西。丽诺尔在离家不远的雨林沼泽里消磨了许多快乐的童年时光，研究青蛙和蜥蜴，回家时浑身裹满各色泥巴和黏液，脏得令人瞠目结舌。浮在污水表层黏糊糊的东西乏人问津，但化学魔法就藏在这些臭烘烘的水里。魔法有一部分来自蓝藻菌，这种细菌能进行光合作用。“蓝藻菌”(cyanobacteria)的希腊语词源和代表蓝、绿色的词根十分相近，虽然现代植物学家不喜欢把蓝藻菌说成藻类（从技术层面来说，藻类完全是另一种生命体)，但在很多人眼中，蓝藻菌就是蓝绿色水藻。

在地球上，这些生命体声名狼藉。在夏季，尤其是在农业区的湖泊周围，施肥过度的田野和畜牧活动往往会导致营养物质流进水路。在这种情况下，蓝藻菌可能爆发式生长，铺展成漂浮的厚垫，有时还会产生毒性很强的蓝藻毒素。这种情况一旦发生，局势就变得十分危险。但就算暴增的蓝藻菌没有产生毒素，它们死亡时，尸体会直接滑落到水面下腐烂，吸收湖里的大量氧气，导致水生生物窒息。比如，埃文爷爷家的老农场就在北美五大湖之一的伊利湖（Lake Erie）附近，这片湖泊不时会遭受蓝藻暴发的戕害。有鉴于此，当埃文发现，人类要在火星上生存，或许主要需依靠蓝藻菌时，他觉得十分讽刺。

不管蓝藻菌在地球上多么声名狼藉，这种微生物拥有的几种关键特性使它成为红色星球上理想的自养生物。我们之所以能认识到这一点，部分归功于德国不来梅大学（University of Bremen）的一项研究：研究者在一连串不锈钢水槽中培育蓝藻菌，并注入模拟火星大气的混合气体。① 科学家还将蓝藻菌安置在比地球气压低十倍左右的环境中。实验有一部分涉及给蓝藻菌提供经过专门设计的、模拟火星表层土常见情况的矿物质和营养成分。尽管有这些限制，蓝藻菌还是长得很好，固氮，生产氧气，最后留下营养丰富的有机物。② 实验的结论是：蓝藻菌应该有可能成为火星社区的根基，我们可以利用它转化火星本地的原料，由此构建一套不必依赖地球定期补给就能正常运行的食物系统。

---

① Verseux, C., Heinicke, C., Ramalho, T.P., Determann, J., Duckhorn, M., Smagin, M., & Avila, M.（2021）. A low-pressure, N_2/CO_2 atmosphere is suitable for cyanobacterium-based life-support systems on Mars, *Frontiers in Microbiology*, 12，67.

② 虽然这个实验使用的环境气压高于火星大气压（火星大气压只有地球的 1% 左右，而这个实验演示的是能在十分之一的地球大气压环境下培育蓝藻菌），但蓝藻菌能在十分之一的地球大气压下生长，意味着基地镇居民在火星上修建蓝藻菌培育设施时可以使用相对较轻的建筑材料，因为它们不必承受太大的压差。

然而，就算真能用蓝藻菌消化火星的矿物质和气体，制造氧气、氮气和有机物，人类还要面临其他挑战。

前面我们提到过一个问题：火星“土壤”中含有大量剧毒化合物——高氯酸盐。在美国航空航天局早期的几个火星任务中，火星车在表层土中发现了高氯酸盐。基于此项发现和后续任务的观测结果，NASA 预估，每升火星表层土里大约含有半克高氯酸盐。这足以让人类罹患肺癌，也确实会抑制植物生长。

要把高氯酸盐从基地镇居民呼吸的空气里过滤出去，顶级品质的空气净化器便可解决这个问题。但要避免高氯酸盐进入食物体系，我们就得先筛除表层土里的高氯酸盐，然后才能用它们来培育蓝藻菌。但在这个问题上，科学家们也正在寻求微生物方面的解决方案。

有几所大学已经做过研究，其中包括罗马第二大学（University of Rome Tor Vergata），该校的研究人员借助合成生物学创造生物性的生命支持系统，用一系列微生物（包括蓝藻菌）清除高氯酸盐里的有害元素。① 由于高氯酸盐含氧，所以用微生物消化这些剧毒

① Billi, D., Fernandez, B.G., Fagliarone, C., Chiavarini, S., & Rothschild, L.J.（2021）. Exploiting a perchlorate-tolerant desert cyanobacterium to support bacterial growth for in situ resource utilization on Mars. *International Journal of Astrobiology*，20（1），29~35.

物质或许能在清洁火星表层土的同时制造出可呼吸的氧气。这方面的实验才刚刚起步，但 NASA 提供了资助，希望新的突破能让经过基因改造的微生物消化火星原料。这将为我们给红色星球设计生态系统打下坚实的基础。

这需要几个步骤。

首先，自动挖掘机将搜集表层土。之后，太阳能搜集器会对其进行加热，提取出融化的水。第三步，机器人会把这些表层土送进一系列罐子，这些罐子保持着适宜的温度，以维持不同的微生物群落。这些微生物会利用大气中的二氧化碳和氮来消化表层土，将高氯酸盐分解成无害的化合物。在此过程中，这些微生物——包括蓝藻菌会固定氮元素、制造氧气、生产有机物。

但这还不是终点。接下来，火星社区需要弄清该怎么处理这些有机物。显而易见的方式是把它们直接做成人类可食用的东西——也许基地镇的大厨会发明一些不错的蓝藻食谱，比如把它和油、调料拌在一起，做成电视剧《苍穹浩瀚》里那样的粗粒食物，甚至直接用它做成汉堡肉饼之类的东西。坦率地说，埃文希望这不要成为主流做法，因为你很难想象，基地镇居民一周七天都吃蓝藻饼。不过，某些物种的蓝藻会制造出很不错的食用油，现在你就能在某些健康食品店里买到，所以蓝藻将在火星食物体系中扮演重要角色。

还有个办法是把这些有机物当作肥料，用它来培育温室和垂直农场里的植物，种出各种各样的庄稼。这种方式将让饮食更加多元化，还能与另一种方案相结合：利用蓝藻菌制造的糖和其他有用的分子物质喂养另一组微生物——如酵母菌，它们也经过了基因改造，可以消化蓝藻尸体，生产合成蛋白质，例如细胞培养的牛肉、鸡肉和乳制品。我们稍后再详细介绍这个策略。

向丽诺尔解释这套系统时，埃文陷入了对自养生物的狂热之中，他的手在视频框边缘不停地挥进挥出。“一旦你在火星上修好了培养微生物的大罐子，并通过太阳能搜集器弄到了足以维持它运行的能源和热量，那只需要再从地球运一批细胞培养物过去，就可以让这套系统开通运行了。从此以后，你已经具备了创造一套完全自主、自给自足的生物性生命支持系统（Fully Autonomous, Self-Sufficient Biological Life-Support System）所需的一切条件。我想我们可以将它命名为 FASStBLiSS。”

丽诺尔试图理解：蓝藻和细菌是在火星上生存的关键吗？

了解顶层那三英寸

“好吧，”丽诺尔谨慎地回答，“你的观点很有说服力，简单得优雅。但有两个问题。首先——我们在地球上有一套名为‘环境’的‘生命支持系统’，它非常复杂，由全球生态系统中数以百万计的物种组成。这些生态系统共同制造出了我们呼吸的空气、吃的食物，还净化了水。人类同它一起演化了数千年。FASStBLiSS 听起来很棒，但它是不是太简单了些？

“其次，早晚会有人问：‘发展所有这些在火星上用的玩意儿，对地球上的人有什么好处？’除非你是埃隆·马斯克（Elon Musk）、理查德·布兰森（Richard Branson）或者杰夫·贝索斯（Jeff Bezos）[①]，否则火星之旅的账单总得靠纳税人来付。各国航天局要弄到资金来资助这类设想，唯一的办法就是说清楚它对地球有什么好处。”

丽诺尔的两条批评意见干脆利落地总结了反对火星任务的部

---

① 埃隆·马斯克（1971— ），美国企业家，特斯拉、SpaceX 等科技创新企业的首席执行官。理查德·布兰森（1950— ），英国企业家，维珍集团创始人。杰夫·贝索斯（1964— ），美国企业家，亚马逊集团创始人。——编注

分关键论点：自以为我们可以设计出地球上花费了亿万年才演化出来的生命支持系统，这太狂妄自大了；如果我们（整个社会）真的要花几十亿甚至上百亿美元把几个人送上太空，那我们的确需要保证，这会让地球上的生活也变得更好。

安大略省（Ontario）的伊劳拉（Elora）镇距离火星任务差不多就像你想的那么遥远。在镇中心和坐落着百年老宅的大道两旁拱卫着的阔叶树下漫步，伊劳拉镇让游客得以窥见在大卖场、十六车道高速公路和沿街商业区出现之前，曾经繁荣一时的偏远小镇生活。虽然北美小镇“黄金年代”的生活确实也有这样或那样的问题，但这样的生活还是很美好。红砖、黄砖砌成的房子外观整洁，设施完善；熙熙攘攘的镇中心弥漫着一缕旧世界的风情。这里为以20世纪初为背景的电视剧提供了完美的舞台，也是心忧未来的人理想的避难所。

想来有些讽刺的是，有一台世界领先的太空年代的土壤科学设备就装载在小镇南面，名叫测渗计（lysimeter）。

从公路上望去，测渗计就像一片平平无奇的玉米地，旁边停着一辆拖车。① 但等你走近，或许就会发现地面上那十八个富有未

① 丽诺尔热爱玉米地和发生在玉米地里的恐怖电影，尤其是在玉米干枯、叶子沙沙作响的秋天。

来色彩的大圆圈。这些圆圈每六个为一组，个体直径约1米，实际上是高1.5米的圆柱形土芯顶面，这些土壤最初是从两个不同地区搜集而来，被小心地用船运到这里来的。每块土芯都被妥善安放在一个洞里，顶面与地面齐平。而在地下深处，土芯下面垫放着一只高精度秤。采集数据的计算机必须经过校准，才能使这只秤足够灵敏，以弥补吹过田野的风对实验造成的误差。

每块土芯边缘还装有精密的晶格传感器，用以测量水和营养物质在土壤中的流动方式，整套设备由三个地堡控制，地堡之间通过一系列地下舱室与之相连。顺着梯子爬进这些舱室，感觉就像钻进核潜艇——或者火星聚居点的指挥中心。

克劳迪娅·瓦格纳-里德尔（Claudia Wagner-Riddle）教授是加拿大安大略农学院（Ontario Agricultural College）的土壤学教授，她和投资合伙人组建的国际团队负责运行这套设备，探索农业如何影响土壤健康和温室气体排放。

“基本说来，”带领埃文参观的时候，她解释道，“我们在这18个测渗计顶层种庄稼，就像农民那样，然后用传感器和计算机探测种植这些作物的影响。”正因如此，她能回答诸如此类的问题：“种植多种作物的土地释放的温室气体会比种植单一作物的土地多吗？”“要增加土壤有机质以帮助储水、减少气候变化的影响，最好的方式是什么？”

瓦格纳－里德尔教授从事这项研究是为了更好地了解土壤运作，以便我们在更好地保护它的同时，学会如何控制、利用土壤中某些了不起的特性。

在和埃文一起讨论科学之前，克劳迪娅向他讲起在巴西成长的过往，讲起自己如何萌生出对土壤和气候变化的兴趣。“小时候，”她告诉埃文，“我曾看到田野里咖啡等的多年生作物被大豆、玉米等一年生作物取代，造成了严重的土壤流失。”

后来，克劳迪娅在农业系统的暑期实习中目睹免耕农业（农民在种植作物时不翻土）可以减少土壤流失，限制温室气体释放。

“我母亲那边的亲戚是20世纪30年代来巴西的德国移民。那时候，家乡基本还被森林覆盖，但没过多久就成了咖啡种植园的天下。到了20世纪70年代，我十多岁的时候，发生了一场严重的霜冻，此后，很多咖啡种植园消失了。从那时起，人们开始种植豆子之类的一年生作物，造成了大量的土壤流失。”

早年经历促使她走上一条国际化的职业道路。最终，她在圭尔夫大学（University of Guelph）安顿下来，成为测渗计网络背后的“能量之源”。她利用这些测渗计来探索农场管理如何影响土壤健康，比如每年轮种不同作物、在冬天种植覆土作物，还有其他基础农业实践。

“这套设备看起来很‘高科技’，”她说，“但实际上我们在研究的是相对简单的保持土壤健康的方式。比如在农民种植的主要作物之外再多种一些别的作物，因为这有助于增加土壤里的有机物含量。”

她的重点在于：要保护土壤，地球上的农民能做的事情有很多；当他们真正行动起来，就会有一连串好事随之发生。

“你要记住，有机物含量高的土壤能把碳固定下来，它们会像海绵一样，在水分和养分充足时把这些东西吸收并储存起来，以备不时之需。富含有机物的土壤长出的庄稼不需要施太多肥。增加土壤中的有机物含量本质上是在清除大气中的二氧化碳，这有助于减缓气候变化。

“合理保养、精心管理的土壤是所谓‘再生农业’(regenerative agriculture)的基础，从本质上说，这意味着将农业从加剧气候变化的罪魁祸首，转变为全世界最紧迫问题的解决方案。农民能做的最好的事情之一是种植一些没有产出的东西，例如覆土作物，尽可能减少对土壤的干扰，乐于接受田野里多样化的生物。”

“好吧，那让我们稍微考虑一下规模问题。”埃文接口道，“你的实验结果表明，不同规模的农业实践对环境有益还是有害？我是说，很多人认为大型农场会造成单一种植，我们应该聚焦小型农场。”

“我说不准。”克劳迪娅若有所思，“我认为任何规模的农场都有好有坏——真正重要的是具体怎么做。如果大型农场采用良好的轮作方式和符合当地土壤条件的耕种方式，那么即使农场规模庞大，也可能有利于环境。反过来说，如果农民不在意土壤，供应本地市场的小规模农场也可能成为温室气体的净排放者。”

“但要实现这个目标，农民具体该怎么做呢？”埃文问，“还有，在你看来，如果我们真能飞往其他星球，研究地球土壤对人类在那边的生活有没有帮助？”

克劳迪娅干脆地回答了这两个问题。

“首先，”她说，“研究土壤如何运作，既要研究它们的化学成分，也要研究生活在土壤中的微生物，这能帮助我们更好地管理自然资源，不仅有助于人类在地球上的生活，也能为我们提供一些工具，这些工具可能在别的地方也用得上。”

“其次，”她继续说道，“我们研究的问题之一是氮在土壤中的作用。这方面的突破也许能让我们实现对细菌的改造，使豆科以外的作物也能自行固氮。想象一下，以后再也不用给玉米和小麦施肥，因为我们改造的细菌能与作物齐心协力，直接从空气中吸收肥料。这可太了不起了！”

她说得对。

今天，为了保持作物高产，农民往土壤中添加了大量的氮。生产、使用这些氮肥消耗了大量释放温室气体的能源，但由于植物在某天能利用多少氮取决于天气，我们很难预测该在什么时候施肥、施多少肥。因此，很多施用于农作物的养分要么无法在合适的时机使用，要么难以控制用量，于是肥料从土壤中流失，进入水路，使得农业成为世界头号水污染源。① 克劳迪娅针对土壤如何固定、储存养分的研究或许能带来更高效的办法。如果这样的思路能在实验室中呈现，将不仅能降低农业对地球的影响，还能为人类提供一些工具，将死气沉沉的火星表层土转化为能支持有机生命的东西。

丽诺尔和埃文为这类技术着迷。但他们知道，要在这颗星球以外的地方看到可持续发展的社区，还要好几十年。不幸的是，按照地球上的发展趋势——生物多样性丧失，水污染，气候变

① 塑料污染是水污染的第二大来源——其中很多来自食品包装，所以如今我们面临的处境是：从农场中流失的营养物和被消费者丢弃的塑料包装对各地的水生态系统和海洋生态系统造成了严重的打击。

化——在人类有机会登上其他星球之前，我们赖以生存的地球生态系统早已被摧毁。从很多方面来说，这样的未来看起来如此灰暗。我们是否有可能及时撬动地球食物体系，以避免生态灾难？解开这个难题的关键或许再次落在极其细微的地方。在微生物领域，我们或许能在前往火星的很久之前，就已在地球上完善了对它们的理解。

种植微生物

为火星利用蓝藻菌，加上克劳迪娅·瓦格纳-里德尔以保护地球表层土为主旨的研究，共同组成了一个重要的科学概念：微生物群（microbiome）。

我们所说的微生物群是指生活在特定环境中的各种微生物（细菌、真菌、原生动物，甚至包括病毒）。正如过去几十年来科学家们开始揭示的那样，微生物群十分重要。比如，近年来突然广受关注的人类微生物群，指的是那些生活在我们体内和周围的微生物。我们的肠道微生物群承受的压力最大，因为微生物群紊乱与许多健康问题有关。这方面的主要假设之一，是过度使用光谱抗生素治疗小感染，加上西方膳食中激增的糖、简单碳水化合物、盐和饱和脂肪，可能改变肠道微生物菌群的组成。从麸质敏感到焦虑、抑郁，再到儿童哮喘，诸多健康问题都可能与此有关。自身免疫性疾病（包括糖尿病和类风湿性关节炎）也和微生物群功能失调有关。人们正在达成共识：健康的肠道微生物群对良好的健康状况至关重要。

当然，所有生物都有微生物群。举例来说，正如我们前面讨论过的，存在于豆科植物根系与土壤间的微生物群让豌豆和苜蓿得以固定大气中的氮。利用蓝藻菌和其他微生物消化火星表层土，说明我们能以新方式来控制、利用本就与人类息息相关的微生物群。土壤学家逐渐明白：固氮细菌只是冰山一角。

要维持土壤健康，健康的土壤微生物群至关重要，而健康的土壤让植物得以生长，让庄稼在干旱中存活，还有助于抵挡害虫。正如健康的人类微生物群能保护人们免受一系列疾病的侵袭一样，健康的土壤微生物群也是健康农业系统的命门。

如何控制利用土壤微生物群，这方面的工作正孕育出一种新型农业资源——生物肥料（biofertilizer）。从定义上说，生物肥料是同时包含活细胞和休眠细胞的微生物接种剂，它蕴含的微生物能将关键的植物营养素（例如氮和磷）转化为宿主植物可利用的形式。换句话说，生物肥料本身不能为植物提供营养，而是创造一种微生物路径，增强作物吸收环境中已有养分的能力。在地球上，农民已经开始把蓝藻菌当成一种生物肥料，好让作物捕捉大气中的氮。生产生物肥料不需消耗太多能源，而且有助于维持土壤健康。

正如西方膳食削弱了我们的肠道微生物群，使得很多人更易罹患各种小毛病，工业化农业也破坏了土壤的微生物群。现有的工业化农业依赖简单的耕作体系，主流作物只有寥寥几种，靠杀虫剂和除草剂抵御害虫，依靠氮、磷、钾肥维持高产。虽然这些工具的确极大地提升了产量（如今农民的平均亩产量比20世纪70年代高出200%以上），但这套工业化农业体系损害了土壤健康。

火星任务可以大大加速该领域研究，让瓦格纳-里德尔这样的科学家弄清不同的微生物能为地球农业带来什么。这将为人类创造一整套能在地外生产食物的微生物机会。这方面的科学探索也能让我们进一步理解，地球上的微生物群如何有益于人类，这样我们就能以此为基础，为火星量身定制出一套生态系统。换句话说，火星之旅将迫使人类更深刻地理解地球微生物的运作方式，然后反哺人类的火星生活。

真正的受益者是地球上的农民（和消费者），他们需要这些知识，才能在21世纪的气候变化中生存下来。我们中的大部分人这辈子都不得不依赖地球上的生态系统。而工业社会留下的遗产之一，就是我们彻底改变了地球气候和生态系统，以至于20世纪生产食物的方式不得不随之做出改变。火星任务有助于为新一代农业研究募集资金。

想想墨西哥人在瓦哈卡州（Oaxaca）高山上种植的奥洛顿玉米（Oloton corn），生动呈现了这种方法的应用前景。这是一种高大的慢熟玉米，哪怕种在含氮量低的贫瘠土壤里，也长得很好。这种玉米能长到16英尺高，和它的体型一样非同寻常的是，它的一部分根会长到地面上，暴露在空气中。这些虬曲的气生根表面还覆盖着厚厚一层湿漉漉的黏液。20世纪80年代，这种植物引起了农学家的注意，当时霍华德-亚纳·夏皮罗正在探索该地区最后一座与世隔绝的山村。其他科学家陆续跟进，但直到四十年后，加州大学戴维斯分校（University of California,Davis）的研究团队才理解了这种本土玉米背后的科学。

艾伦·贝内特博士（Dr. Alan Bennett）的团队利用DNA测序工具确定了这种玉米根系黏液微生物群中的哪些物种能固氮。一旦分离出这些微生物，下一步就是为其他地区的植物研发接种剂。鉴证工作耗费了十多年时间，而且这个项目还涉及与当地社区的紧密合作，以确保当地人能分享到这份基因遗产带来的商业利益。

近年来，在更强大的计算机和人工智能协助下，DNA 测序技术得以爆炸式发展。火星任务促使地球上这一代研究者更好地理解人类对微生物群的依赖方式。两颗星球的农民都将因此受益。

这是丽诺尔和埃文搭建的“火星食物金字塔”上的第一块砖。经过精心改造的微生物群将为火星上的所有生命奠定基础。

第三章　小即是美

纳米的奇妙世界

人们对2021年的夏天寄予厚望。新冠感染数字下降，回归正常生活的呼声卷土重来。丽诺尔开始将渴望的目光投向边境线，她花了很多时间浏览Rome2rio、Expedia之类的网站，规划想象中的旅行。但那个夏天有它自己的想法，我们在大部分时间里继续“留守阵地”，探索另一种边界——一种尺度比自养生物更小的边界。

埃文带着女儿逃到了乔治亚湾（Georgian Bay）老家早年留下的小木屋里，和他一年未见的父母团聚。在温哥华，丽诺尔顶着40℃高温的炙烤。气候变化造成的热盖现象打破了高温纪录，造成伤亡，引发野火，点燃了至少一座小镇。枝头的水果被烤焦，贝类在灼热的潮池中煎熬，产量锐减。丽诺尔听媒体说过，这个夏天会很热辣，但她没想到真有这么辣。

我们交换笔记，对新冠疫苗研发、接种在科学和管理方面取得的伟大成就感到振奋，也对科学与政策应对气候变化彻底失败感到失望。聊够了这两个话题，我们又回到了“喂养火星”的正事上。

埃文开始滔滔不绝地大肆抨击。“我想，一旦我们真正开始规划该如何在火星上控制、利用蓝藻菌和微生物群，将会改变这两颗星球上的人们对农业的整体认知。微生物群让我们的思路变得更微观、简洁、节约、高效。这在火星上绝对有必要，那里的每一种资源——天哪，每平方厘米的可居住空间都很珍贵，都来之不易、造价不菲。在火星上生活意味着我们不能浪费任何东西。但在地球上人类也要‘学着从小处着手’。因为我们把农业和宏大事物联系在一起的时间太长了。大片的田野，大宗交易，大型拖拉机，大群的牲畜，大产量。但野火、热盖现象和没完没了的干旱显示，人类这个物种正在不断挑战可怜的老地球所能承受的极限。”

丽诺尔点点头——在这些问题上，我们几乎百分之百地赞同彼此的意见。埃文正说到兴头上，丽诺尔往后一靠，继续听他慷慨激昂的演说，等他最后说到点子上。当他终于说到重点（足足五分钟后），她已经总结好了：

“所以你想说的是，人类这个物种想要生存下去，就必须意识到，地球也很珍贵，不是天经地义就归我们糟蹋的。所以，在养活人类这件事上，我们必须采用更节俭的方式，对吧？我们要学着向大自然让渡更多空间。”

埃文点点头。“对！换句话说，地球人需要火星人的思维方式：我们需要从小处着手，而这就带领我们走进了纳米技术的狂野世界。”

对那些不经常阅读科技快讯的人来说，他们尚未意识到，一个名为“纳米技术”的领域正在发生一场看不见的革命，这是可以原谅的。我们人类称之为“现实世界”的海量物质是纳米尺度的，它介于原子、亚原子和量子层面之间，涉及的粒子尺寸从1纳米到100纳米不等（相对而言，人类头发的宽度介于80000到100000纳米之间）。

20世纪80年代，几项突破将该领域引入发展的快车道，其中包括新一代功能极为强大的电子显微镜，它让三位准诺贝尔化学奖得主①发现了一种特殊的碳分子——富勒烯（fullerene）。在这

① Curl, R.F., & Smalley, R.E. (1991). Fullerenes. *Scientific American*, 265(4), 54-63.

种分子内部，单个原子互相连接，形成了一个穹顶状网格的纳米粒子。这些粒子由许多原子组成，但比光波还小。它们小到几乎足以穿透任何一种过滤器；如果悬浮在液体中，它们永远不会沉降下来。

最著名的富勒烯纳米粒子可能是碳纳米管（carbon nanotube）。顾名思义，它是一根碳管，管壁通常只由单层碳原子组成，由此形成一个宽度只有几纳米的圆柱体。这些小得要命的管子结实得惊人，已被用来制造高级竞速自行车和强力双面胶带。历史爱好者请注意，日前有电子显微镜观察结果表明，穆斯林战士在抵抗欧洲十字军骑士时大量使用的大马士革钢刀里就有碳纳米管。大马士革钢里的纳米粒子大概是中世纪铁匠用代代相传的秘方（失传于18世纪）所锻造。当然，那些铁匠一定不知道什么是纳米管，只知道当他们将一种特殊的钢材与其他关键成分熔铸在一起时，制造出的钢刀就有了强度、韧度和锋利度，这在欧洲士兵眼中一定近乎神迹，毕竟欧洲的钢刀很脆，而且钝得很快。

未来学家相信，我们甚至可以用碳纳米管编织的长绳把小行星拖到近地轨道上，充当巨型太空电梯的缆线。有了配重，人类就能建造一条高效传送带，直接把材料运送到地球引力的影响范围之外，所需能量只有现今火箭到达逃逸速度所消耗能量的几分之一。

除了太空电梯、大马士革刀、强力胶带和高级竞速自行车，纳米技术还能以很多种方式让未来生活变得更美好。在食品和医药领域，一种大有前景的应用是把纳米技术当作投放机制，将化学物质（肥料、药物，甚至额外的 DNA 指令）直接送进靶细胞。

而今，这方面的研究主要集中于医药领域，纳米研究的圣杯之一，是将微量抗癌药装进纳米粒子胶囊，再把胶囊塞进肿瘤细胞，直接送到需要的地方。这让我们得以更精确、高效地对抗肿瘤，副作用也更小。除了医药以外，纳米技术在农业相关领域也有大量应用。正如我们即将看到的，如果想在红色星球上发展农业，纳米工具、控制利用微生物群，都是必要条件。如果人类够聪明的话，还会利用同样的工具减少农业对地球环境的影响。

约翰·达彻（John Dutcher）很懂如何用小东西做大事情。约翰是加拿大纳米技术领域的前沿研究者之一，不过他还有个更古怪的名声：他依托自己在圭尔夫大学的实验室，协助创办了一家初创公司，生产基于纳米技术的护肤品。从本质上说，这家公司使用甜玉米中被称为糖原的纳米级球状类淀粉材料，将保湿剂直接送进干燥起皱的皮肤。植物糖原会被人体吸收，让保湿剂留在需要它的地方。

约翰和埃文是邻居，他们常在散步时碰面。正是一次邻里间的偶遇催生了本章。他们久别重逢，再次碰面，很快两人就全神贯注地讨论起纳米技术可能通过哪些方式让食物生产变得更好、更高效。埃文正在寻找思路，而约翰正好和一大群国际顶尖纳米科学家一起发表了一篇纳米技术将如何改革农业的重要综述。①

纳米改革农业最显而易见的方式和药学领域类似。纳米粒子可以作为投放肥料和杀虫剂的胶囊，具体方式与靶向肿瘤细胞类似，这样可以更精确地给植物施肥，从而减少用量，遏制浪费。

如今，作物的平均养分利用率（定义为作物吸收、利用养分的能力）为氮50%、钾40%、磷20%。农民施的肥料有很多直接被浪费掉了。被植物吸收利用的肥料有助于增产，但剩下的直接从田里流走了，最后要么以温室气体的形式排放到大气中，要么进入地下水，引发各种问题，如前所述的蓝藻菌爆发。如果纳米肥料

① Hofmann, T., Lowry, G.V., Ghoshal, S., Tufenkji, N., Brambilla, D., Dutcher, J.R., ... & Wilkinson, K.J. (2020). Technology readiness and overcoming barriers to sustainably implement nanotechnology-enabled plant agriculture. *Nature Food*, 1(7), 416-425.

（或生物肥料）能解决这个问题，那么除了能给环境带来巨大效益外，对农民也有裨益。

此外，经过设计的纳米粒子能将基因指令送进植物，以提升它们抗虫害、抗干旱的能力。已投入使用的纳米传感器让植物通过无线网络支持的智慧农场系统向农民示警，提醒农民作物是否受到虫害、干旱的侵袭。这些传感器实际上是很小的微粒，如果植物受到侵害，它们会发出微小的信号。例如，干旱期间，这些信号会被传感器接收，然后通过无线网络或蓝牙传送出去，提醒农民打开灌溉系统。

这一切听起来很美妙，但有监管者和消费者担心，纳米技术可能会产生意想不到的负面后果，因而对该技术的实际应用加以抵制。他们认为，部分纳米粒子可能在环境中积聚，并以有害而非有益的方式进入食物链，造成负面影响。因此，对约翰这样的科学家来说，研究的当务之急，是在纳米技术的应用规模扩张过大之前，弄清这些粒子的最终归宿。①

散步的时候，约翰对埃文说："大众消费者和监管机构都担心，如果经过编码、用于基因编辑的纳米粒子逃逸到野外，可能引发问

---

① 这也是约翰投入大量精力研究植物基纳米粒子的原因之一——它们会自行降解。

题。如果真的发生了这样的事，它们会损害本土物种吗？我们还不完全清楚。因此，纳米学界研究的重要方向之一是确保这些工具的安全性。”

他是对的。任何像纳米技术这样振奋人心、应用范围广泛的技术都可能产生问题。这意味着巨大的监管障碍，值得花费数年时间进行谨慎的科学实验，以确保这些工具带来的效益大于风险。

但火星社区或许能带来助力？如果有人担心在地球上开发这些工具可能让目前的糟糕局面愈演愈烈，那么火星或许是这类实验的理想地点？毕竟，那里没有可供破坏的生态环境，和人类（以及地球丰富的生物遗产）之间隔着几十万、上百万英里实实在在的真空，从生物学的角度来说，很难想象有什么研究所能比那里更安全。也许火星是人类某些最有野心、最敏感的生物技术实验的天然家园？

火星生物铸造厂

“好吧，那就把话都说清楚，”丽诺尔说，“这一个月以来，你每天要给我发六七次信息，全是纳米技术和微生物群的各种花边消息和臆想故事。我明白，你对大马士革钢刀和纳米技术制造的太空电梯缆线感到激动，不过请一次性说明白：这一切跟我们如何喂饱基地镇上那个想象中的火星社区有什么关系？”

“好吧，”一番深思熟虑后，他回答，“事情是这样的。在地球上，要弄清微生物和纳米粒子能以何种方式为人类带来巨大的好处，我们需要在田野实验和大型实验室研究方面双管齐下。这些研究的成果之一是我们学到的各种技能，比如纳米粒子如何帮助我们精确施肥，或者微生物群如何让植物在干旱中保持高产，等等。

“但是，当这些研究进入实践层面，我们需要理解，在实验过程中起效的是生物化学、纳米技术和基因组学中的哪些元素。我们需要分析作物、藻类、细菌等，弄清微生物群 DNA 中的哪些部分对应哪些性状。这将为我们提供一些基础的理解——某种生物化学微观纳米粒子尺度信息的参考资料库或规范手册，来指导我们如何设计火星上的生物性生命支持系统。”

丽诺尔熟悉另一些技术领域，它们的关键性突破也涉及构建庞大的资料库，其中包括植物、酵母菌和分子。她痴迷于图书馆，火星蕴藏着巨型知识宝库的想法对她很有吸引力。

“不过，由于这些工作大部分都需要在地球上完成，我们几乎立刻就会遇到最初的问题：你提出的‘雅各布二二挑战’，也就是说，将任何物品送上火星都必定要耗费难以企及的高昂成本和时间。

“所以，和在地球上做研究的方式一样，我们需要将微生物的基因指令和纳米粒子的分子化学数字化。这些电子蓝图能以数据的形式被送往火星。在那里，我们需要生物制造设备——或者说生物铸造厂，这些工厂利用基因编辑工具、显微级3D打印机和DNA合成器，制造——或者说培育微生物接种剂或纳米粒子。”

埃文的设想听起来遥不可及，但事实并非如此。科学家们已经用基本元素制造出了酵母菌，许多科学家正在利用生命原材料构建新的东西。事实上，新冠疫苗的研发就用到了这方面的很多技术。

作为构建生命的基本单元，DNA、蛋白质和氨基酸由常见元素组成，这些元素在火星上都能找到。比如，氨基酸的组成元素是氢、氮、碳和氧。DNA的化学结构是四种核苷酸（核酸的基本结构单元），这些核苷酸也不过是由磷、氧、氮、氢和碳元素组成。碳纳米管只是碳而已，这种元素在火星上储量丰富。约翰·达彻的纳米粒子用到的元素也一样——主要是碳、氧、氢而已。虽然这些元素并非广泛存在于宇宙的每一个角落（宇宙主要由氢和氦组成），但在地球和火星上都相当充足。

所以，要在火星上维持生命，我们不需要靠运气去寻找大量稀有元素或者什么高级化学材料。恰恰相反，我们需要的是进一步了解地球。地球上令人眼花缭乱的多样生命实际上都是由一些相对平凡的原子组成。科学家可以全面评估地球植物的遗传特征，然后向我们展示，这些基本构件如何组装成新事物——新的纳米粒子、新的蛋白质形式。

我们可以利用微生物群和纳米技术的进步研发自给自足的生物性生命支持系统，利用火星原料构建一套切实可行的有机体系；与此同时，也可以利用这套生命支持系统测试一些新的工具，它将帮助人类更好地管理地球系统。总有一天，甚至可能要不了多久，火星人将投桃报李，用他们自己发现的知识反哺地球。

丽诺尔觉得埃文的想法很有道理。"我喜欢这个思路，"她说，"我是说，它有九成属于科学幻想，但既然大家都在严肃讨论人类登陆火星的问题，那我们需要想得大胆一点。我也喜欢你用这种方式把基地镇和地球联系在一起，我们在地球上设计基本蓝图，在火星上基于数字化规划制造实体。我爱这个点子。不过，尽管你做了那么多工作，我们还没弄清，火星上的雅各布二二该如何弄到他那两磅红透了的番茄。幸运的是，就在你发信息给我大谈纳米和微生物群的时候，我一直在阅读文献，学习如何种植人们想吃的东西。我们先放下这些微观尺度的话题，来讨论一下番茄吧。我饿了。”

PART 2

红色伊甸

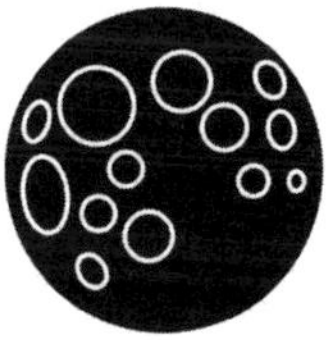

第四章　亲生命性

巨花魔芋

当埃文一头扎进那个越来越微观的“小世界”时，丽诺尔正忙着研究关于植物的问题。那是温哥华春季的一个雨天，丽诺尔有些焦躁。她决定活动一下腿脚，缓解一下坐立不安的心绪，去拜访她的朋友 —— 爪哇禾雀。这种漂亮的小鸟身披华丽的灰色羽毛，正常情况下不会生活在温哥华。它们原产于印度尼西亚的爪哇岛（Java）、巴厘岛（Bali）和巴韦安岛（Bawean），以谷物和种子为食。这种鸟儿特别喜欢稻田，它们的拉丁学名就源自这种习性：*Lonchura oryzivora*，“食米者”。

温哥华并非巴厘岛，这种热带鸟类为什么会飞到这里？丽诺尔这些披着羽毛的朋友生活在布鲁代尔花鸟保护园（Bloedel

Conservatory），这座用铝和有机玻璃搭建的“温室泡泡”挡住了寒冷和雨水。保护园和它老黄牛般的“表亲”温室，是丽诺尔热爱的地方之一。布鲁代尔花鸟保护园是个简朴但优雅的范例，它坐落在南温哥华快乐山（Mount Pleasant）街区的制高点，位于这座城市最高的山丘之上，颇有讽刺意味的是，这座山名叫“小山”（Little Mountain）。

这座保护园是加拿大的一个百年纪念项目①，该计划由公园负责人斯图尔特·勒费（Stuart Lefeaux）提出，他认为这是一个机会，可以把一片占地5英亩的水库改建成有利于社区的设施。布鲁代尔基金会赞助了125万美元，这是当时温哥华得到的最大一笔捐助。

布鲁代尔的钱变成了一座既复古又充满太空时代气息的漂亮穹顶，直径43米、高21米的建筑外壁由三角格组成。整座穹顶共有1490个有机玻璃泡泡，分为32种不同形状，使用了2324根铝管。这种风格［在20世纪60年代非常流行，这要归功于巴克敏斯特·富勒（Buckminster Fuller）②］在渥太华完成设计并获得专利，它坚固、

① 不是加拿大人的读者可能不知道，百年纪念项目是1967年为纪念加拿大建国一百周年而启动的。

② 巴克敏斯特·富勒（1895—1983），美国建筑师，于1967年蒙特利尔世博会上设计的美国馆“富勒球”，使得轻质圆形穹顶风靡世界。——编注

结实，能抵御极端天气。穹顶内部不需要任何柱子，甚至直到60年后，它看起来依然富有未来气息，散发着暖融融的光芒，就像某位外星霸主，仁慈地统治着脚下的城市。

丽诺尔喜欢这幢建筑，但真正的乐趣藏在里面。穹顶上有三个小的生物群落：一片热带雨林，一片亚热带雨林，还有一小片沙漠。两百种鸟类在栖息地上空飞来飞去，池塘里各种罕见鱼类成群结队地游弋漫行。这里有五百种植物，其中包括三角梅、柑橘、咖啡树、桉树和木槿。阴雨绵绵的日子，夹一本书，这座穹顶让人感到愉悦而放松，丽诺尔喜欢那些植物的浓烈气息，水滴在明亮的人造阳光下闪闪发光，照亮了温哥华阴郁的冬天。

这里甚至有一棵名叫"腐烂叔叔"(Uncle Fester) 的巨花魔芋。它更广为人知的名字叫"尸花"(corpse flower)。作为最大的开花植物，它著名的特征是每隔几年就会在夜晚开出一朵3米高的巨大花朵，每到这时，空气中就会充满腐肉的气味。不开花的时候，它会长出一片4米高的叶子，慢慢将能量储存在自己重达75千克的球茎里，为即将发生的大事做好准备。2018年7月，丽诺尔和朋友们花了一个晚上，与其他好奇的温哥华市民一起在穹顶外排队，等候观看开花的"腐烂叔叔"。那朵花真的很大，也真的很臭。

这个故事让埃文大笑起来。

“我不明白。你的大部分职业生涯花在那种满黄瓜、番茄和生菜，配备全套太空时代技术的十几公顷温室中。而你却愿意整晚不睡觉，去一幢20世纪60年代的建筑里，看一棵臭烘烘的植物？相比之下，这座保护园就像个玩具，不是吗？”

“没错。但我觉得，哪怕是在火星上，我们需要的也不仅仅是养料，还有美。人们对食物的需求一定很迫切，所以从很多方面来说，整个火星社区必然需要成为一座温室。这可能会让人有种工厂的感觉，但我们应该让它看起来像座花园。

“重点在于，我们在火星上建设的空间会很珍贵，而外面的环境又那么严酷，所以大量的室内空间必须兼顾功能性与美观性。我们或许可以把一些生物反应堆埋在地下生产藻类，但的确没法奢侈地将肮脏的工业区远远藏到视线以外，就像在地球上这样。所以我认为，整个空间必须以最高美学和功能标准来修建。大多数人喜欢花园，是因为它们既好看又实用，就像汉普顿宫（Hampton Court Palace）的果菜园。”

丽诺尔说得对。设计得好的花园总是既实用又漂亮。在火星上，创造能够同时满足休闲和培育需求的封闭小空间，这至关重要。不过，在展望未来的同时，我们也必须意识到，培育室内植物的历史可以追溯到文明诞生之初，这种将农业和建筑相结合的方法带来了丰收和美。①

暴君的黄瓜

曾经有一位坏脾气的皇帝，名叫提比略·恺撒·奥古斯都(Tiberius Caesar Augustus)，历史学家一直在指控他的各种暴行和罪恶。也许是为了舒缓他的暴躁情绪，提比略的医生推荐这位皇帝每天吃新鲜的黄瓜。在卡普里岛的朱庇特别墅②里，他的园丁发明了温室的早期原型，名叫“光车”(specularia)。这种小车里铺满了泥土，上面覆盖着透石膏薄板，这种透明的石头能透进阳光，同时阻止热量散失。在一天的不同时间里，根据天气情况的变化，这些小车被推进推出（应该是由奴隶推着），由此为老提比略供应

① 花园，更重要的是围绕火星任务所需的受控环境的封闭式花园，在世界各地的文化和宗教中源远流长。在本章的叙述中，我们将追溯罗马的发展历程，但请注意，为植物创造栖息地在世界各地的历史上都有实践。不过，从史前时代到首次尝试在太空中让种子发芽，我们的目标总是一致的。作为一个物种，我们渴望在本地种植植物，哪怕这里的环境不适合它们生长。为了实现目标，我们必须聪明一点。

② 园丁注意了：这座别墅里有个名叫“提比略之跃”(Tiberius's Leap)的地方，是一座悬崖，跳下去必死无疑。据说这位皇帝会把无法满足他要求的仆人或者待得太久、不再受他欢迎的客人从这里扔下去。

每日所需的“药”。

我们大概永远也弄不清，这些小车到底是不是历史上最早用来种植黄瓜的温室。但即使在当时，这也根本算不上什么新想法。在那之前的几百年里，人们就会修筑朝南的石墙来储存白天的热量，以此来保护纤弱的植物，延长生长季节。

我们也不知道，黄瓜究竟有没有舒缓那位皇帝的神经。事实上，我们甚至不知道他们种的是不是黄瓜。按照罗马历史学家鲁基乌斯·尤尼乌斯·科鲁麦拉（Lucius Junius Columella）的描述，光车里种的可能是蛇瓜（snake melon）。蛇瓜和黄瓜很像，和中东的甜瓜有亲缘关系，作为药用蔬菜的属性也比黄瓜强得多，有时也被称为“古塔”（gutah）。这个故事的重点大概是绝望的医生通过栽培进口的稀有药用植物来医治病重的君主，实际上跟黄瓜没什么关系。①

但众所周知，尽管科鲁麦拉和老普林尼（Pliny the Elder）这两位历史学家都记录了光车，但这种技术并没有真正流传开来。这个超前于时代的想法之所以能实现，靠的是那位皇帝的巨额财富、怪癖和可怜的奴隶付出的劳动。因此，在一段时间里，温室从历

① 医生当然很绝望，我们必须考虑到，虽然病重，他还是能把人从悬崖上扔下去。

史记录中消失了。

直到15世纪50年代，我们才见到了加热温室的可靠证据——这是合乎逻辑的下一步。这一进展发生在朝鲜，李朝一位皇家史官撰写的《山家要录》(*Sanga Yorok*)对此有记载。书中说，通过地下加热创造空间，可以培植非当季蔬菜和催花。这些温室的墙壁很厚，窗户是用油纸糊的。显然，这样的建筑看起来甚至能在冬天生产橘子。尽管朝鲜出现了这样的进步，但室内栽培的概念并未流行起来。朝鲜和罗马的模型都不具备对食物体系真正产生影响的条件。直到维多利亚时代，有了水晶宫（Crystal Palace）这样了不起的东西，温室兴起，我们才开始看到，在室内栽培食物的理念真正流行起来。

可以说，罗马人和朝鲜人有建温室的想法，但缺少能把这种技术夯实的关键要素。在这两个例子中，他们都需要一种既能保温又能透光的材料。植物需要光，罗马和朝鲜园丁拥有的选项——浸过油的面料和透明的石头薄板都无法解决这个问题，真正实现室内栽培。

重点在于，尽管温室的想法已经出现，但要真正实现室内培育植物，某些特定技术依然需要发展。要合理建造温室，园丁需要一系列技术，如合适的作物、轻质的建筑材料和加热系统。要造出真正的温室，以上每一项技术都必须存在且可行。所有这些不同类型的技术在火星上都必然有对应物。所以，要探索人类最终可能以何种方式在红色星球上建起美丽而精密的温室，我们不妨从最基础的部分开始——从技术角度侧面了解一下人类历史上最重要的材料之一：玻璃。

要有光

很难想象没有玻璃的地球生活。即使玻璃在我们的日常生活中已无所不在，但它被发明出来的时间依然晚得惊人。这似乎很奇怪，世界上随处可见的、最常见的钠钙硅酸盐玻璃真的是用硅制成的，而硅又是我们司空见惯的沙子中最主要的成分，这就显得更奇怪了。沙子在1700摄氏度的超高温下会熔化，达到这个温度，它冷却后就不会再变成我们习惯的沙滩黄沙。相反，它会变成所谓的非晶固体（amorphous solid），一种介于液体和固体之间的物质。这种新材料就是玻璃，它也是透明的。

即使在今天，把沙子加热到这么高的熔点依然不太容易，所以我们把沙子和苏打粉（碳酸钠，也叫助熔剂）、石灰石（碳酸钙）

混合起来。[1]苏打的作用是催化剂，它能大幅降低沙子的熔点。石灰石是一种黏合剂；要是没有它，生产出来的玻璃就会溶化在水里。人类制造这种玻璃的历史十分悠久，出土过玻璃球和玻璃珠的考古遗址至少可以追溯到公元前2000年。

罗马历史学家老普林尼曾记录过提比略的光车。关于沙子的发现，他讲述了一个可爱（但可能不太可信）的故事。按照他的说法，一艘装满硝石的船停在黎巴嫩附近过夜。船上的商人用硝石块生了一堆火来做饭。很快，他们震惊地发现，一股股未知的透明液体从火堆里流了出来。他们发现了一种能促进沙子熔化的助熔剂。罗马人还利用硝石和草木灰来修复玻璃，使其防水。正是这种在沙子里添加含有钠、钾灰烬的基础配方为维多利亚时代的玻璃制造奠定了基础。

这种方法只能造出玻璃块，但块状的玻璃除了用来制作珠子和装饰品以外，基本没什么用处。公元1世纪，中东地区的工匠开始使用长铁管吹出玻璃泡，制成瓶子和容器，于是我们看到了诸多罗马时代的此类器物。但平整的玻璃格子更难制造。罗马人把熔化的玻璃倒在石板上，然后拼命把冷却中的玻璃块擀开，制造

① 虽然碳酸盐在火星上似乎相对罕见，但我们或许能利用已有的原材料合成这些化合物，而不是过多依赖来自地球的补给。

出粗糙的窗玻璃。这种窗玻璃粗糙、小巧、透明度不高，但仍然价值不菲。我们在庞贝（Pompeii）和赫库兰尼姆（Herculaneum）都发现过它的样本。

到了公元2世纪，制造平整窗玻璃的更优方法出现了。玻璃吹制大师制造出极长极宽的瓶子，切掉头尾，再把剩下的玻璃圆柱体展平，就得到了一块平整的玻璃。这种方法的成功率不高，但还是沿用了好几个世纪。直到14世纪，窗玻璃依然罕见，它的制作工艺在玻璃制造世家中代代相传。

中世纪时期出现了另一种制造玻璃的方法，熔化的玻璃块高速旋转，直到它们被摊平成碟状，直径最大可达3至4英尺。这些冕玻璃可被切割成1英尺 × 2英尺的窗玻璃。冕玻璃通常有一侧较厚，但它的透明度高于以前的产品。随着冕玻璃的问世，温室和暖房终于开始出现，但因成本高昂，应用范围依然有限。①

到了维多利亚时代，平板玻璃终于出现；人们把熔化的玻璃倾倒在长铁桌上，用机器擀压。这种新的玻璃被压扁、抹平、抛光。这样的工艺成本高昂，但还是没能制造出透明度最高的产品。

---

① 有一种说法盛行于世，说旧的玻璃会随着时间的流逝慢慢流动，但事实并非如此。旧玻璃底部比较厚，这是因为冕玻璃天然不平整，它就是会在那个位置堆积。一旦冷却下来，玻璃就会变得像固体一样稳定。

不过，平板玻璃窗可以造得很大，早年的火车站里常常会用到它，这使得玻璃首次成为一种正经的建筑元素。这种新式玻璃依然厚重，人们仍对它抱有疑虑。以至于到了1851年，伦敦水晶宫厅堂里镶嵌的依然是冕玻璃，它们的生产工艺自中世纪以来几无变化。

下一项重大突破出现在1952年，皮尔金顿玻璃公司的阿拉斯泰尔·皮尔金顿（Alastair Pilkington）发明了一种巧制玻璃的新方法——这项突破赋予了我们现代世界的观感。他率先创造出浮法玻璃（float glass），熔化的玻璃源源不断地从火炉里流出来，浮在一片绝对平整的熔化的金属（通常是锡）上。到1958年，用这种方法已经可以制造出近乎完美的玻璃——从掺有硝石的篝火下方出现那一小摊熔化的沙子到这一步，人类走过了漫长的路。

这项古老的技术对火星社区来说十分重要，因为他们需要自给自足。① 他们需要利用自己手头的东西，这意味着要用火星上的沙子制造玻璃。

塑料和有机玻璃依赖于石油化工产品，但在火星上，石油化工产品会很稀有。生物反应堆应该能通过先进的发酵手段制造出一些石油化工产品，但考虑到火星温室需要的原材料数量，人类

---

① 太空迷称之为“就地资源利用”，这只是给“火星需要制造自己需要的东西”换了个高级的说法。

必须依靠红色星球自身能提供的东西：用火星沙子制造火星玻璃。它成本低廉，能隔绝部分辐射，而且易于制造。

丽诺尔迷上了一个奇怪的想法。红色星球上加盖了穹顶的环形山看起来可能有点像布鲁代尔花鸟保护园，只不过它是用火星玻璃修建的。她很好奇，那里会不会有爪哇禾雀。

从更技术的角度来说，为过滤有害辐射，基地镇的人们必须给玻璃染色；窗玻璃还必须够厚，以防被陨石击碎。此外，聚居点必须保持人类可以耐受的足够压强，那里的人们还要给所有东西加上三层抵御寒冷的保护壳。幸运的是，NASA 的几台火星车已经证明，火星大气中含有约1% 的氩元素，这意味着未来的火星人或许能提取这些氩，将它注入两层窗玻璃之间，增强玻璃的隔热性能，就像现代地球上的窗户一样。

丽诺尔继续说："所以，要设计出合适的温室，我们需要克服许多困难，火星社区看起来可能表现出某种酷酷的复古蒸汽朋克风格，但它的基础是纯粹的科学。"

黄金，钻石和水果

讨论火星建筑可能的美学风格，这看起来也许有些琐碎（甚至古怪），但事实并非如此。我们将反复回归这个关键主题：制作形式——工具、建筑和社区设计要考虑的绝不仅仅是功能本身，还必须努力兼顾美。我们应该在满足功能的前提下尽量把东西造得赏心悦目，触及灵魂。

在火星上，设计好看的东西并非奢侈，而是刚需。火星早期居民的生活必然是艰苦卓绝的，确保他们享受美好的居住环境，将有助于维持这些拓荒者的精神健康（同样，本书的另一个主题是食物必须美味，如果火星居民的食物只考虑营养，一定会引发灾难）。在地球上，我们也应该多制造美的事物。现在人们常把功能凌驾于形式之上，使这颗星球的主要风貌变得奇丑无比。说到这里，我们可以再次从温室和暖房的发展史中学到一课：这些建筑结构的流行似乎与人类对闪亮潮流的渴望有密切关系。

随着文艺复兴的到来，在英格兰这座潮湿的岛屿上，似乎人人都不惜重金，想在一座堂皇典雅的暖房里培育奇怪的柑橘或柠檬。想看那棵让珀耳塞福涅（Persephone）不得不前往冥界、使得墨忒耳（Demeter）深陷悲恸的石榴①？本地采邑贵族和夫人可以

① 希腊神话中，珀耳塞福涅是宙斯和丰收女神得墨忒耳之女，她被冥王哈迪斯强娶为妻，又吃了冥界的石榴，所以每年必须在冥界居住一段时间，这让得墨忒耳伤心不已。每当珀耳塞福涅离去，得墨忒耳就心灰意冷，无心工作，因此大地萧瑟清冷；等到女儿回来，丰收女神就欢欣鼓舞，万物重新开始生长。——译注

为你安排。只要你够尊贵，他们就会邀请你到新的暖房里共度音乐之夜。买不起相当于8000美元一颗的菠萝？考虑租一个吧！欢迎来到早期现代社会富翁名流的狂野暖房世界。

随着冕玻璃产量的增加，暖房真正成为培育稀有水果花卉的室外空间。就像罗马人对待光车的方式一样，这些早期现代温室通常靠堆肥来加热，这些粪肥会在腐烂的同时为苗圃提供热量。(这也解释了为什么暖房和主建筑之间通常隔着一道门廊。肥料腐烂的气味在舞厅和餐厅里肯定不受欢迎。)

欧洲人还复刻了罗马人利用烟囱热量来给植物保暖的做法，将烟道铺设在用玻璃封闭的温室北墙里。这股热潮始于柑橘。柑橘来自亚洲，分布在从中国南方地区到印度的野外，继而向北传至罗马帝国。但它在欧洲仍不常见，直到中世纪，葡萄牙人开始大批进口这种水果。在意大利北部，人们把柑橘树种在冬天能推进室内(或洞里)的容器里。意大利佛罗伦萨郊外的帕尔米耶里别墅（Villa Palmieri）至少从15世纪50年代就开始持续种植柠檬和柑橘。它现在的柠檬屋（Lemon House）建于1700年，法国贵族在游览经典世界名胜时爱上了柑橘，他们将这座温室视为典范。卡斯特洛别墅园(Villa Reale di Castello)里的一些柑橘树能追溯到美第奇家族①的

① 美第奇家族是15世纪到18世纪在欧洲势力鼎盛的望族。——译注

时代，这彰示了室内栽培真正的可持续性。[①]

丽诺尔曾在8月花了差不多25天时间漫步于伦敦绿化带，欣赏绍森德（Southend）、伦敦和坎特伯雷（Canterbury）的风光。那阵子每天都在下雨。埃文拥有英国和加拿大双重国籍，在英国居住的很多年里，他一直忙着给家里防水。我们两人都能证明，英国并非适合种植柑橘的国家。面对挑战，过去时代的英国贵族为战胜天气付出了极大的努力。1539年，弗朗西斯·卡鲁在萨里的贝丁顿宅邸（Beddington House）建起一座巨大的柑橘园，每年冬天，他都会用木板和帆布在树木周围搭建保温层。为了炫耀自己的园艺技术，他用湿稻草裹住一棵黑樱桃树，将果实的成熟期推迟到了1599年8月，正好迎接伊丽莎白一世女王的到访。他的部分技艺流传至今，很可能能在火星派上用场。他的果园存活了一百多年，每年结出石榴、柠檬和数以万计的柑橘。

在海峡对岸的法国，更惊人的受控环境栽培案例出现在一座曾是皇家狩猎行在的简朴木屋里。凡尔赛的皇家橘园（Royal Orangerie）设计于1685年，至今依然令人印象深刻。太阳王把他

① 当然，前提是你有钱购买燃料和劳动力！

的树种在银盆中，以便能推进推出，这样既赏心悦目，又能散发出迷人的香气。这座橘园镶嵌着双层冕玻璃，这一惊人壮举使整座橘园几乎不需辅助加热就能正常运转。

回到英格兰，17、18世纪见证了受控栽培环境的惊人发展。1664年，园艺学家约翰·伊夫林（John Evelyn）首次使用“暖房”和“温室”两词，并发展出了新的结构和在地板下铺设管道的新加热系统。为了栽培药用植物，牛津大学修建了宏伟的药草园（Physic Garden），新的建筑技术为暖房提供了更高的温度，适合甘蔗和人们梦寐以求的菠萝生长。在英国的另一个地方，壮观的邓莫尔菠萝直到今天仍矗立在那里。顾名思义，这座18世纪的石头建筑是菠萝造型，它在苏格兰培育出了成熟的菠萝。

还有汉普顿宫壮观的葡萄藤，它的栽培者是世纪园艺大师兰斯洛特·“万能”布朗（Lancelot “Capability” Brown），直至今日，每年仍会结出沉甸甸的葡萄。或许有朝一日，未来的火星人也会坐在类似的葡萄藤下，品尝属于他（她）自己的异星佳酿。

如果说英国人擅长炫技，那么荷兰人就是实用大师。19世纪，为了栽培药用植物，植物学家查尔斯·波拿巴（Charles Bonaparte）在莱登修建的园圃通常被称为最早的现代温室。荷兰的大学也开始在受控环境下培育自己的植物园，创造出至今仍然活跃的研究基业。

这些早期的温室培育了外来植物，而在维多利亚时代，钢铁铸造业的发展带来了廉价而坚固的产品，将温室的建造推向了新高度。建筑师可以建造出越来越精美的建筑，直到今天，你仍能在伦敦附近著名的植物园邱园（Kew Gardens）见到当时的一些作品。人们第一次搭出全玻璃屋顶，这种屋顶通常由扇形冕玻璃叠放搭成——这种形状的冕玻璃可以搭出弧形和穹顶。邱园的棕榈屋（Palm House）靠地板下的热水管供暖，营造出如此舒适的环境，让维多利亚时代的男女流连于此，吃着巧克力，悠然地读着报纸。这门艺术最出色的案例之一是：为迎接1851年的万国博览会，约瑟夫·帕克斯顿（Joseph Paxton）在极短的时间内造出一座水晶宫。这座三层高的建筑矗立在海德公园的一角，使用了3800吨铸铁、700吨熟铁、90万平方英尺玻璃——相当于当时英国玻璃年产量的三分之一。博览会期间，这里迎接了600万访客。

穹顶将在火星设计中扮演着重要角色。在表面积相同的情况下，穹顶围合的体积最大。火星社区的部分农业空间将是用穹顶围出来的。① 如果我们想在火星的封闭空间里营造出一种开放空间的感觉，栽种全尺寸树木，就要靠穹顶来实现。这里的穹顶可能类似思想家巴克敏斯特·富勒（R. Buckminster Fuller）的设计，他几乎凭一己之力将穹顶和未来主义、太空探索联系到一起。富勒生于1895年，他的人生显然与正统相去甚远。他曾两次被哈佛大学开除，对学业失去兴趣，加入了一个杂耍巡回剧团。后来，他又到一家肉类包装厂做机修工，第一次世界大战期间加入海军，成了一名无线电操作员。战争期间，他迷上了快速、坚固的模块化建筑。我们如何才能轻松廉价地修建能适应任何气候的可复制建筑？他在模块化建筑领域的第一次商业尝试以失败告终，女儿也因脊髓灰质炎去世，双重打击令他深陷抑郁，开始酗酒。

很多人的故事会在这样的低谷宣告结束，而富勒在北卡罗来纳一所大学做讲师时，找到了灵感和康复的力量。他重新发现了自己对剧院的热爱，这赋予他公开演讲的信心，得以重新开始钻研曾经折戟的问题：模块化建筑。这一次，富勒设计出一种由六边

① 一想到穹顶，丽诺尔就会想起罗马的万神殿，从公元126年开始，这座庙宇一直香火不息，现已被改作天主教教堂。万神殿最宏伟的构件是一座巨大的混凝土穹顶，顶上有一只象征着神之凝视的“眼睛”，让整个空间洒满了自然光。奇怪之处在于，直到千年后的今天，这仍是全世界最大的无钢筋混凝土穹顶。殿内的空间让人感觉（实际上也是）十分开阔。

形和五边形构建的穹顶。[①]1949年，他完善了自己的作品，并为它申请了专利。作品最终坚固无比，既能承受来自穹顶外部的力，也能承受来自内部的力，这是太空探索的关键所在。美国海军陆战队购买了成千上万座这样的穹顶，让富勒声名大噪。

多亏了富勒的设计，巨型玻璃穹顶可能是火星天际线上最引人注目的风景。它们必须坚固耐用，既能承受火星上因大气稀薄而常发的陨石撞击，又能承受加压引发的由内向外的力；染色玻璃既能透光，又能过滤掉有害辐射，而且隔热性能优异。但我们依然能想象，工程师们用火星上能找到的材料和基本算是现成的技术克服了所有困难。

或许我们还能在隧道尽头修建小型穹顶，把它当成崖壁上可供居住的洞穴，为社区居民提供有自然光的温暖用餐区。或许环形山上方也有穹顶优雅地耸立，创造出能种植谷物的空间，也为火星社区提供了一片绿地，居民们或许可以聚集在这里听音乐会，就像维多利亚时代的人们一样。

或许我们甚至可以在北极附近某个满是结冰水的环形山上修建一座穹顶。太阳能搜集器和聚光器可以在此地上空绕轨运行，

---

① 每个网格球体必然拥有 12 个五边形。

根据编制好的程序将阳光聚焦到穹顶上，加热内部的封闭空间，使冰融化，成为火星上第一片天然湖泊（嗯，很长时间以来的第一片）。有的园艺大师或许可以追随“万能”布朗的脚步，在湖畔的沙滩旁建一座橘园，离火星上的主居住区只有几小时火车车程。

如果放飞想象力，我们可以开始拼凑出一幅类似康沃尔“伊甸计划”(Eden Project) 的场景。它坐落在英国海岸线彭赞斯 (Penzance) 和普利茅斯（Plymouth）之间一座废弃的陶土矿场里，看起来很像一个外太空社区，或一大堆巨型肥皂泡。这座陶土矿场曾运营了近两个世纪，后来严重衰败，电视剧版《银河系漫游指南》（*The Hitchhiker's Guide to the Galaxy*）曾把它作为被摧毁的星球麦格锡安的取景地。

从2001年起，这里作为植物园重新开放。来自世界各地的植物慢慢被搜集回来，园景渐渐成了气候。这表明一个事实：只要有足够的智慧，生命甚至能在某些条件非常恶劣的地方生长。这些植物被安置在两个经过特殊设计的生物群落里。热带生物群落占地1.56公顷，高55米，种满了香蕉和咖啡之类的作物。地中海生物群落占地0.65公顷，高35米，种植着维多利亚时代人们热爱的植物，例如橄榄和葡萄。穹顶本身是用钢管和热塑嵌板搭建起来的网格结构。但“伊甸计划”设计出来不是为了好看，其设计目标是展现植物如何相互依存，如何需要彼此才能存活。火星上也一样。

“等等，”埃文在我们共享的 Zoom 窗口白板上心不在焉地随手涂画网格穹顶（这个任务没那么简单，效率也不高），“我理解你为什么会觉得火星上应该有类似温室的穹顶空间，也明白它们会怎样栽培植物。但在地球上，最大、产量最高的温室并不是那样的。它们是真正的植物工厂——那些建筑物的功能绝对大于形式，设计目标是在尽可能减少人工干预的情况下使产量最大化。事实上，要保护作物远离病害、虫害和其他问题，除了必要的维护工作，人类不会进入这些设施，这里一般靠机器人来维持运行。”

丽诺尔知道这一点；她的工作最棒的部分之一，是她可以进入一些地球上产量最高的温室。

“说得很对，”她答道，“火星上最迷人的空间里肯定有植物，而且这些植物可以生产食物。但我觉得你说得对：大批量生产食物的植物需要种在别的地方。毕竟，即将为火星食物体系奠定基础的微生物很可能生长在大桶而非温室中。而且大部分植物比人类更耐低压和稀薄的氧气，但它们最理想的生长环境需要的二氧化碳浓度则高于人类喜欢的范围。

“因此，虽然人类居住的地方都会有植物，但反之则未必如此，专为植物设计的空间不会维持适宜人类居住的条件。例如，水果和蔬菜可能会种在隧道或洞穴里，那里环境温暖，富含二氧化碳，但气压和氧气浓度都很低（事实上，火星人很可能会试图搜集植物产生的氧气）。这些洞穴可能人迹罕至，就算真有人类要进去，他们大概要背上氧气罐，穿戴全套生化防护服，以免污染环境。换句话说，火星社区的生产部门将会是自动化植物工厂，人类居住的地方也会长满植物。”

埃文点点头。“好吧，没问题。那么这些很酷的类蒸汽朋克风格的穹顶暖房是给人住的，同时它们也会生产少量食物。但大批量食物来自另外的高度集约的生物铸造厂和植物工厂。这听起来很合理，那就让我们来聊聊这些植物工厂吧。”

盒子里的夏天

此前，为了更好地了解全世界最先进的室内农场背后的科技，埃文和丽诺尔都上过日本植物工厂协会（Japanese Plant Factory Association）的一门线上课。植物工厂属于垂直农业（vertical agriculture），更专业的说法是“高受控环境栽培”（intensive controlledenvironment growing）。这是现代化温室生产的直接分支，在阴湿多雨的荷兰发挥了真正的作用。在那里，温室占地上万英亩，主要分布在韦斯特兰（Westland）地区，那里的集约化温室生产比世界上其他任何地方都要发达。有的荷兰温室甚至修建在巨型漂浮驳船上。

在荷兰成功的基础上，日本人看到了更进一步的机会；毕竟日本也有丰富的水资源、电力、漫长而阴郁的冬天和接受过技术培训的劳动力。日本植物工厂的基本原则是将空间和资源利用到极致，控制每一个变量。一般而言，植物工厂是人工照明的自动化温室，通过控制光照、大气成分、温度、湿度、气压和营养等环境条件生产水果和蔬菜，全年无休。

植物工厂的控制高度自动化，计算机程序几乎管理着生长环境的所有方面。这样生产出的农产品安全、有机、整齐划一，而且非常新鲜——因为产地离市场很近。通过虚拟现实技术参观植物工厂运行时，我们注意到，那些植物仿佛闪烁着生命和健康的光芒。这不是你祖父种的生菜。植物工厂里很少会出现歉收和坏年景，迟来的霜冻和冰雹更是不可想象，就连虫害暴发和真菌病原体侵袭也很少出现，因为这些工厂与世隔绝，不会受生物污染的影响。因此，这里基本无须杀虫剂。

这些植物工厂的起源可追溯至第二次世界大战后，当时的日本工程师从加州理工学院学到了一种名为“人工气候室”（phytotron，基本上可以说是研究型温室的另一种叫法）的新技术，并将之发扬光大。早期人工气候室里的第一批培育舱只能实现一些粗糙的控制，调节光照、温度、湿度、二氧化碳、风和水汽。这些技术对研究植物生理学的科学家来说很有趣，但在不缺土地的南加州却没有什么商业价值。归根结底，既然便宜的土地到处都是，为什么要修建人工气候室呢？但在人均耕地面积远低于美国的日本，各个大学都开始调整、改进这种方法。[①] 这个过程进展缓慢，总有这样那样的限制因素阻碍高效的植物工厂投入市场。但到了21世纪的第一个十年，技术逐渐成熟，控制温湿度、气流和水培系统的工具取得了长足的进步，在玻璃盒中培育番茄、辣椒、黄瓜之类的作物逐渐普及化。为受控环境提供光照是一直以来的难题。荧光灯有助于增加产量，日本农场已经开始把植物层层堆叠，以增加高度而非面积的方式提升早期植物工厂的效率。但几十年来，似乎没有什么办法能改善光照。

① 几乎在同一时期，日本的自动化工程师在汽车制造业也做了同样的事情，本质上重新定义了全世界汽车生产的方式，也对北美的汽车工业造成了重创。虽然现在说这个为时尚早，但我们都认为，历史或许正在重演，这些日本植物工厂可能即将重新定义果蔬的生产方式。北美现有产业应关注这个历史上的先例。

作为纽约州锡拉丘兹通用电气的一名工程师，小尼克·霍洛尼克（Nick Holonyak Jr.）本来不打算改变世界，但在1962年，33岁的霍洛尼克创造出第一个有实用价值的发光二极管。当时他的目标甚至不是制造发光装置，而是产生更好的激光。半导体激光仍停留在理论层面，但霍洛尼亚克知道，有的半导体会在通电时发光。用各种半导体原型做实验时，他发现了一种可以释放出明亮红光的组合。这种简单的磷砷化镓合金被亲切地称为“魔法合金”，通用电气很快把这种材料制成的小灯泡改进成实用光源，卖出了260美元的惊人高价。接下来问世的是绿灯泡，十年后，霍洛尼亚克的一位学生成功制造出黄色灯泡。虽然价格高昂，但这些灯泡比已有光源更耐用、更小，温度也更低，而且价格每年都在呈指数级下降，性能也更优异。

蓝色灯泡终于出现。1994年，中村修二（Shuji Nakamura）做出的突破让工程师们得以制造出能取代全世界白炽灯的白色LED光源。这无疑是首屈一指的关键技术突破。蓝色LED的出现基于三十年来人们对发光二极管的改进，但待到这块拼图就位，其他改进就无关紧要了。蓝色LED技术如此重要，中村和他的团队因此荣获了诺贝尔物理学奖，此后，科学界和经济界各领域从业者都认识到，世界被划分为“蓝色LED出现之前和之后”两个时代。这是个“奇点时刻”。未来几十年里,LED不断提升质量，降低成本，扩展应用，几乎取代了其他所有光源。

LED会照亮火星。而即便在今天的地球上，照明革命也在改变我们生活的世界。LED技术的大规模应用节省了成本，改变了照明方式，减少了热量的浪费和电子垃圾。LED光源的寿命更长，无论是在火星上还是在地球上，考虑到保护资源的需求，这是个很关键的特性。

LED是植物工厂理想的光源。因为它们的温度更低，能装在离植物更近的地方；又因为它们可以调到特定的光谱段，人类可以裁剪每种植物接收的波长，从根本上改变最终的产品。比如，叶用生菜在刚发芽时多照点蓝光会长得更好。但如果农民在收获前的最后几天多加点红色波长，生菜就会产生大量抗氧化剂，将叶子染成消费者偏爱的紫色。通过研究植物在不同波长下如何生长，并将这方面的实验与植物繁育项目相结合，植物工厂的运营者正在创造为这些条件量身定制的专门作物，以及能改变每种作物大小、风味和颜色的“光照配方”。

这些创新促使日本政府于2008年启动了“推广植物工厂应用的经济增长战略”（Economic Growth Strategy for Widespread Plant

Factory Use）。目前，日本有成百上千家植物工厂正在运转，在提供高品质产品的同时，不断改进自身设备、提升效率。这场革命才刚刚蔓延到北美。

日本的植物工厂和一系列驱动力紧密相关：食物品质、对环境的影响、价格、土地和劳动力短缺、保护水资源，以及气候目标。这些日本植物工厂遵循着在火星上同样至关重要的周期：先让种子发芽，在某个地点栽培植物幼苗，再把它们移植到植物工厂内另一个条件适宜作物最终生长的地方。

为了更深入地探索这方面的可能性，埃文找到了真正的专家：正在为下一代月球和火星任务从实验和实践两个层面设计生命支持系统的科学家。很幸运，埃文工作的圭尔夫大学正好以“加拿大食品大学”自居，这意味着学校里闻名世界的专家不止一位，而是两位，他们正与加拿大航天局、欧洲航天局和美国航空航天局合作，试图解决这个问题。坐镇受控环境研究所（Controlled Environment Research Facility，这里本身就是一座太空时代实验室，里面满是培育舱、LED 灯和一排又一排的植物）的两位教授是麦克·迪克森（Mike Dixon）和托马斯·格雷厄姆（Thomas Graham）。麦克说自己是一位太空探索者，他决心要成为第一个在月球上种植大麦的人；托马斯是加拿大航天局深空食品遴选委员会联席主席，该机构正在寻求维持长期太空任务的新方法。

还没聊多久，埃文和托马斯就开始交换极客式的科学故事——关于前景广阔的垂直农业领域内的惊人发现，大谈尽管植物能在相对较低的气压下存活（这有利于人类在地球以外的地方栽种植物），但蜜蜂之类的授粉昆虫在同样的低气压条件下往往飞不起来。所以，或许植物能在月球聚居地长得马马虎虎，但给它们授粉却成了科学上的一大难题。

随后，托马斯向埃文介绍了人类认知中技术上最成熟的垂直农场。在创作本书之时，它还停留在假想阶段，这也是为了成为月球上第一批农民而努力的国际合作项目的一部分，但要实现2025年在月球上种植植物的巨大飞跃，研究者和技术提供者正通力合作，试图努力迈出最初的几小步。

这个问题说来简单，解决起来却复杂得要命。你能在月球上使种子发芽，让长出的幼苗活过一个月球昼夜吗？这个问题部分源自一个事实：月球上的一昼夜可长达地球上的两周。还有一方面源自另一个事实：月球白天的气温可飙升至100℃以上，而在夜间，气温可能骤降至零下150℃以下。此外，人类还要应对月球上的各种辐射。①

① 注意：月球南极，也就是这个实验计划实施的地点，温度变化没有这么极端。

从本质上说，托马斯和同事拟订的计划不过是一个经过特殊设计以维持相对稳定的温湿度且隔热性能良好的盒子。整套设备仅重10千克，其设计用途是用水培法种植拟南芥[①]、大麦和另一种尚未确定的作物。这些植物的一部分会被打上基因标记，当月球环境对其造成压力时，它们会开启特定基因，还会产生一种绿色荧光蛋白（这种蛋白最初来自一种水母，这又是另一个故事了），研究团队可通过图片看到该植物有哪些部位以何种方式对月球环境作出了响应。装在培育舱里的微型多光谱摄像机会在植物发芽、生长期间拍摄大量照片，并将这些信息传回地球，让托马斯和麦克这样的科学家探索月球上的植物如何产生压力，为何会有压力，以及它们对此作何反应。如果计划顺利，该实验将于2025年在月球南极进行，要发展出人类放眼群星所需的生命支持系统，这将是至关重要的一步。正如托马斯所说："我们需要弄清如何让植物在太空中活下去，因为植物能让人活下去。"

---

① 这种十字花科植物又名筷子芥，和卷心菜、芥菜是一家子，这种植物常用于植物学研究，因为它种起来相对简单、价格低廉，其表现又与其他大部分开花植物类似。请见：https://www.nsf.gov/bio/pubs/reports/arabid/chap1.htm。

玻璃城堡

丽诺尔在虚拟的白板上画了一片叶子。然后，她在叶子周围加了座穹顶，以及一支自外向内的箭头，来自标示着“生物反应堆”的方框。还有一支向外的箭头，指向另一座标着“人类聚居地 +O_2”的穹顶。

“这基本就是我们设想的基地镇粗略建筑规划。重点在于，火星生活最终将以这些生物性过程为基础。从植物的角度来说，叶子是发生光合作用的主要场所，能量和二氧化碳通常以碳水化合物的形式在这里转化为氧气和食物。它是松针，是芦笋鳞片，是仙人掌刺还是蓝藻菌都无关紧要，无论是在地球还是在火星，任何能进行光合作用的细胞都是一线自养生命体。

“所以，我们让叶绿素吸收光，制造出食物和氧气，这是火星生态和经济的另一座里程碑。此外，火星植物的蒸腾作用还可以提升湿度。再者，我们还有光。正如我们之前讨论过的，火星距离太阳更远，所以人类需要综合运用镜子、透镜和光纤来聚焦阳光，补充遍布火星的LED光源。

“但实话实说，”丽诺尔将白板笔的笔帽盖上又打开，“我们不知道的事情还有很多。植物工厂采收阶段的自动化仍处于早期发展阶段，但让机器人采收绿色产品至关重要。”

埃文摆弄起自己的笔。我们正通过 Zoom 聊天，这些动作当然没有意义，但不知为何让人感觉很好——归根结底，有时不管我们相信与否，人类确实是生活在数字世界里的虚拟生物。

“在地球上用这些技术栽培的品种还比较有限，在火星上，需要栽培更多样化的作物，并尽可能栽培最优质的品种。这意味着我们需要基因组学。这方面的部分工作必须等到我们去了那边以后，在火星的重力环境和辐射条件下才能进行。”

“是的。而且保证水、电和营养物质充足也是难题。”

埃文又提了几点。

“别忘了授粉。我甚至不确定蜜蜂到底能不能在火星上存活，而且我们需要担心的授粉昆虫还不止这一种。”

“如果埃隆·马斯克想避免火星社区以失败告终，那他最好有一整个团队的专家来规划火星农场。失败看起来总是很糟糕。饥荒，绝望，秩序崩溃，我们需要避免富兰克林探险队曾经历的一切。”

我们两人都停顿了一下，这个问题的严重性令人清醒。谁也不想让火星变成当代詹姆斯敦①。

丽诺尔往后一靠。

“我想这让我们回到了本章开始的地方。如果我们真打算让人类在火星上生活，就需要植物提供额外的氧气和湿度调节功能，需要能少量栽培辣椒等奢侈作物的地方，还需要绿色的休闲空间。

“火星人之所以需要这些，是因为人类身边需要植物（我们真的需要不断提醒自己这一点），以便保持精神健康。”

空山新雨后

丽诺尔喷了一种特别的香水，基调是她最喜欢的气味：雨后泥土味，也就是雨滴落在干燥泥土上的气息。这种气味总让她想起不列颠哥伦比亚省夏天的雨夜，让她无论走到哪里，都有一种家的感觉。

1964年，澳大利亚的两位研究人员、墨尔本化学家伊莎贝尔·贝尔（Isabel Bear）和迪克·托马斯（Dick Thomas）首次从科

① 詹姆斯敦，英国在北美洲的第一个海外定居点，位于弗吉尼亚州东南部。第一批殖民者登陆后不久即遭遇了干旱、严寒和饥荒等灾难。——编注

学角度探查了“空山新雨后”的气味①，当时他们正就职于本国科研机构联邦科学与工业研究组织（Commonwealth Scientific and Industrial Research Organisation，CSIRO）。他们解释了这种气味是如何由植物在旱季分泌的油脂散发出来的。这些油脂被泥土和岩石吸收，一旦接触雨水就会被释放出来，与土臭素（一种细菌产生的副产品）混合在一起，偶尔还有臭氧。所有这些化学反应让丽诺尔停下脚步望向天空，深深吸气。

地球上的科学家可以设想维持火星居民生命所需的系统，但在地球以外的地方，更多微妙元素能让他们活得更好。丽诺尔有位朋友曾几次去南极的麦克默多站（McMurdo Base）出差，令她印象最深刻的是那里的空气有多干燥，她永远都在找润唇膏，不停地喷鼻子。在麦克默多站，食物也是艰苦条件下使整个社区维持正常运转的关键元素，而在火星上，居民的处境会更加艰难。丽诺尔想知道，火星闻起来会是什么味道，当水滴落在火星表层土上，基地镇的“招牌气味”会是什么。但除了植物工厂和温室以外，火星还需要植物来帮助人类维持愉快的心情，需要美食让大家保持理智。

---

① 要体会最完整的雨后尘土味，澳大利亚是个好地方。

除了植物工厂和美食以外，大部分时间里，火星人还需要散散步，基地镇的领导者或许会修建一些绿色空间，让人们享受片刻的森林浴。这种起源于东亚的古老方法包括在森林里漫步和深呼吸。森林浴是芳香疗法的一种形式。森林里充满了名为“芬多精”（phytoncides）的化学物质，它实际上是树木分泌的精油。这些精油有抗菌作用，人们认为，有益于树木的东西对我们的肺也有好处。也许火星上会有一座特别大的穹顶罩着一条蜿蜒的森林小径，里面到处都是香喷喷的水果和浆果，还会有一两处温泉。这看起来似乎是一种挥霍，这些资源本可以投入其他更实用的地方。但是，如果人类真想飞向群星，我们就必须认识到，单靠燃料无法驱动灵魂。要实现真正的繁荣，人类的社交、情绪和精神需求都必须得到满足。

人类天然具有亲生命性，或者说热爱自然。大自然使人放松、使人平静。20世纪70年代，社会学家威廉·怀特（William Whyte）在纽约做了一项经典研究，在城市各处安装摄像头，就像研究别的群居动物一样来研究人类的大规模运动。怀特的发现改变了固有印象：人们爱去能接触到植物和水的地方，爱去能独坐片刻或与他人同坐的地方，爱去种满食物的地方。基于怀特的研究，其他人进一步发现，如果能看到自然，人类就能忍受狭小的生活空间。

基地镇的餐饮空间可能会像新加坡樟宜机场的“星耀”综合体一样，继承经典温室的精髓，建成一片热带雨林的模样，林中一道七层楼高的瀑布倾泻而下。①

植物将成为火星上肩负重任的主要技术之一。它们能养活火星人，过滤空气和水，提供从食物到药物、再到氧气和建材的一切。而重点在于，人类的繁荣发展离不开生态系统。要在太空中建立一个文明，我们至少需要一些植物和动物（还有真菌）。当人类飞向火星时，如果要想成功，就不能孤身上路。

---

① 樟宜机场本身就是一个景点。有的航线会允许乘客提前 24 小时检票，让他们好好游览一下这座机场。

第五章　草2.0

绿地

在地球上，碳水化合物为王。从热量的角度来说，我们今天吃的大部分食物都来自某种形式的草。无论是一碗热腾腾的面条、一锅米饭，还是一块烤好的夏巴塔面包，甚至是碳酸饮料中的玉米糖浆，人类摄入的热量中约有一半直接来自谷类作物。同时，我们养的大部分肉用动物不是在草地上吃草，就是吃草的种子（主要是玉米）。从数量上说，为人类提供主要热量的作物依次是玉米、稻谷和小麦。这三种作物的种植面积以百万英亩计。而在火星上，我们不会有这么多耕地。

鉴于草在我们今天的食物体系中占据主导地位，规划未来火星食物体系之时，我们需要仔细考虑草以及草类作物在地球上扮演的角色。你能否想象，什么样的生产体系能让我们获得小麦或玉米？比如说，被不再喷发的艾斯克雷尔斯火山（Ascraeus Mons）阴影笼罩的火星环形山改建的穹顶温室？还是说，我们需要找寻别的方案，替代如今靠草产生的所有碳水化合物、糖、油和蛋白质？

在想象自己满载着小麦或大麦种子飞往太阳系的另一个地方之前，人类需要思考：是什么样的流程给我们带来了不起眼的面包、米粉和主宰美国中西部风景的、无处不在的工业化玉米。在理解这个平庸的开花植物家族如何塑造地球生活之后，我们或许可以想象，该如何制造出一些在火星上可能行得通的东西。

草的历史就是文明的历史。几乎在每一个有农业兴起的地方，社群、小镇和城市的出现都始于农民对谷物的驯养。①

小麦起源于中东地区，一万年前在新月沃地（Fertile Crescent）被人类驯化。这段漫长的历史中有许多重大突破，但其中最早的突破出现在农业的黎明时期。当时的农民会选择那些种子更大更

① 不过无论如何，安第斯山脉那些文明的起点是块茎而非谷物。埃文在之前的著作《食品帝国：盛宴、饥荒与文明的兴衰》（*Empires of Food: Feast, Famine, and the Rise and Fall of Civilizations*）中介绍过这一点。

多，或成熟的种子仍留在茎秆上的植株（比掉到土里或者轻轻一碰就炸开的要好），把它们的种子搜集、储存起来，再播种下去。成熟的种子留在茎秆上，农业先民就更容易收割。通过选择、种植这些更方便的种子，农业改变了植物的特性，所以从最早期开始，我们就在自然界的遗传特征中看到了人类农业留下的指纹。人类选出饱满、均匀、可在统一时间成熟的谷物。美洲平原上那些“金黄的麦浪”看起来一派天然，但它们实际上是人类历史上运行时间最长的农业实验的受试者。

19世纪和20世纪，作物育种呈现出真正的爆炸式发展。一切始于格雷戈尔·孟德尔（Gregor Mendel）对豌豆颜色遗传性的深刻见解①。20世纪三四十年代，廉价肥料的问世加速了这种发展。最终诺曼·布劳格培育的“矮茎”品种一锤定音，小麦成为这场变革的主角。这些变化使人类飞速进入绿色革命，新的耕作方式极大地提升了产量，但也让现代小麦农场变得如此庞大且资本密集，致使上一代农民几乎完全认不出来。

稻米的情况则有些不同。尽管这种作物的培育也取得了许多进展，但目前全世界大部分稻米仍在相对较小的地块上生产，消

① 孟德尔的研究在他逝世后才被发掘出来。他在世时，几乎没有人注意到这位神父。

费也局限在本地。全球收获的大米只有不到10％进入全球谷物贸易市场（相比之下，全世界几乎所有小麦最终都是在庞大的全球大宗商品市场上完成交易）。在中国、印度和其他亚洲国家，大米仍是一种劳动密集型作物，灌了水的稻田主要靠人工种植、收割、脱粒、扬净。当然，情况正在改变，从长江到密西西比河，资本密集的大型稻米农场正在兴起，但全世界的大部分稻米依然来自手工劳作的小农场。

苞谷，或者按照全世界大部分地方的叫法——玉米，其耕种技术既有大规模，也有小规模，因此玉米的种植方式既有传统的一面，也有极端工业化的一面，具体取决于你身在世界的什么地方。最早在中美洲被驯化的玉米是南美、北美和非洲食物体系的支柱。在南美洲和非洲，玉米普遍种植于手工劳作的小型农场，消费也在当地——拉丁美洲的玉米圆饼、非洲的玉米片粥、被称为“恩希玛”的玉米饺子、类似打糕的“敷敷”，还有玉米糊糊。

在全世界仍以小规模农场为主的很多地方，农民种植的通常是各种“未经改良”的玉米——它们并非集约化植物育种项目的受试者。部分出于这种的原因，这些农民收获的玉米往往只有优良品种理论产量的10％至50％。缩小这种产量差距是很多政府和发展部门的当务之急。

但在欧盟、澳大利亚、美国和加拿大，玉米种在资本密集的巨型农场中，大部分种子是超高产的杂交品种，同样需要大量肥料，依赖杀虫剂和灌溉。在加拿大和美国，大部分玉米还经过基因改造，以免受除草剂的影响，所以农民可以在田野中喷洒除草剂，不必担心损伤作物。有了这些技术，富裕国家的玉米产量极高，但这些玉米大部分不会直接成为人类的食物。北美和欧洲的玉米通常有四种去向：饲养牲畜、玉米糖浆、玉米油，以及我们灌进汽车的生物乙醇。这种耕作方式造成的影响是巨大的，在卫星照片上一眼可见。从地球轨道上看，北美洲的玉米带是一片醒目的绿色，除了玉米和大豆，这个地区几乎没有其他任何作物。

在人类农业起源之初，美索不达米亚地区的农民只能靠传统品种的玉米勉强度日，对他们来说，现代玉米植株看似来自另一个世界。现代玉米穗差不多比它们的祖先——野生蜀黍大十倍。此外，蜀黍是一种多分枝灌木，每根枝丫都会长出很多小穗。但千万年的选育将这种作物变成了一万年前的农民认不出来的模样。①

讲这些不仅是为了强调我们的食物主要依赖不同品种的草，

① 要体会人类对这种如今被称为玉米的作物进行了多么彻底的改造，这个网页上的图片值得一看：https:// www.pnas.org/content/116/12/5643。

更值得注意的是，耕种的历史和文明本身一样庞杂，在这个延续了千万年的故事里，人类发挥聪明才智，塑造着自然的特性。从我们所种植的植物的遗传特征，到人类为了支撑食物体系而改造风景的方式，地球环境和我们所有人赖以生存的草都是人类干预的产物。所有这些工作养活了今日世界的几乎每一个活人，却也正在摧毁我们的环境。

还是那句话，规划火星任务或许非常有用。火星上没有能让植物自行生长的大片土地，没有可供开垦的大片稀树草原或大平原。在火星上，我们最多能指望的就是给几座环形山盖上厚厚一层透明穹顶，然后拼命工作，利用前面说过的蓝藻菌生物精炼工厂获得足够的有机物，来种植可能最多几十平方公里这样的作物。地球上种植谷物的农田超过700万平方公里，火星永远不可能达到这样的规模。简言之，对火星人来说，谷物的问题在于：虽然它们提供了人类很大一部分热量，但却太占空间，所以寻找谷物的替代物是个真正的挑战。

从植物选育史的“兔子洞”里爬出来后，埃文给丽诺尔发了条信息：

“在玻璃下种大麦，在火星上行得通吗？”

丽诺尔立即回了个竖大拇指的表情。她知道，地球上有个地方可能刚好提供了样本。

冰岛的熔岩荒原

冰岛的熔岩荒原或许不是火星，但在人类眼中就像另一个世界。除了一缕缕细细的苔藓和地衣外，这里没有任何植被，远处群山耸立，冰岛如此适合充当地球改造早期阶段的布景，英国广播公司（BBC）纪录片《行星》（*The Planets*）的部分场景就是在此拍摄的。

丽诺尔到过隆冬时节的冰岛。她见证过这里洋溢着浓烈的火星气息。她还知道，埃文的问题或许能在冰岛找到答案。

冰岛过于靠北，阳光不够充足，没有作物生长的季节条件，也几乎没有肥沃的土壤。这里的景观主要是火山和熔岩荒原。但这个国家还有另一些东西，就在地表下，未来的火星城市如何自我维持，这个问题的答案很可能就藏在这里。那便是，火星可能和冰岛一样，拥有藏在地表下的地热。这些额外的热量让冰岛人得以发展出先进的温室工业。

丽诺尔曾见过这方面技术的部分应用：利用地热能生产新鲜的绿叶菜、番茄和黄瓜，甚至还有牛油果这样的外来物种。在近乎漆黑一片的冬天，冰岛的温室就像温暖光明的灯塔。

同样的技术在火星上能不能应用？虽然火星上的火山看起来已经死去，但科学家们认为，这颗行星仍有可能拥有熔化的核心。正因如此，火星迷希望，地质异动或许能为未来社区提供离地面够近的、可供利用的热能等能量。①

为了写这本书，埃文很想去冰岛的温室看看，他决定犒劳一下自己，来一趟科学之旅。但这个世界另有想法：他发现自己在 YouTube 上盯着冰岛风景的时间多得令人羞愧，他还逼着妻子一起没完没了地看斯堪的纳维亚谋杀疑案。

正是在做这些事情的时候，埃文偶然间邂逅了他在这一整年的研究中发现的最引人入胜的项目。这便是融合了疯狂的前沿科学、基因拼接和地热供能的冰岛温室，这一切都是为了在北极圈附近种草。

和这个摩登时代的很多事情一样，埃文之所以会发现这个科学实验，还要从一次谷歌搜索说起：草 + 温室 + 冰岛。没过多

① 事实上，近期的几个火星任务给这个希望泼了冷水，在火星上找到大量地热能的可能性正变得越来越渺茫。火星社区很可能需要依赖核反应堆，或许还有太空镜子（以聚焦太阳能）。不过，如果能发现一些方便开采的地热能，未来社区实现繁荣发展将更有可能成为现实。

久，他就有点目瞪口呆地盯着电脑屏幕上比约恩·奥尔瓦博士（Dr. Björn Örvar）的讲座看了起来。奥尔瓦博士是ORF遗传公司（ORF Genetics）的联合创始人和首席科学家（他的博士学位正好是在加拿大的不列颠哥伦比亚大学拿到的）。视频是在一座温室里拍摄的，奥尔瓦博士身旁摆着一排排种在瓶瓶罐罐里的大麦，背景是冰岛火山。

沐浴着地热能提供的热量，借着地热发电机点亮的灯光，埃文了解到，ORF遗传公司的温室里种植的是经过基因改造的大麦，它们能产生正常情况下只存在于哺乳动物身上的蛋白质。这家公司是奥尔瓦博士和其他三位科学家的智慧结晶，他们最早的项目是让大麦产生一系列只存在于人类皮肤中的蛋白质。这听起来可能有些荒谬，但他们很快将这种成分添加到了护肤品里。如今，冰岛30岁以上的女性中有四分之一的人在使用ORF公司的专利抗衰面霜。

近来，ORF团队培育的大麦产生的蛋白质不但有助于干细胞研究，还能帮助那些在培养皿里培育肉类（细胞农业，cellular agriculture）的公司（这对这本书来说更重要）。

ORF遗传公司利用他们的基因编辑技术对大麦植株重新编程，制造出科学家们所说的“生长因子”，这些蛋白质能帮助其他细胞生长、分裂。简言之，如果你的工作需要用到特定的细胞系（比如细胞农业)，想创造出更多的这类细胞，你可以把 ORF 大麦 - 哺乳动物蛋白质添加到混合物里，以加快细胞分裂的速度。所以，ORF 在冰岛的温室里种植、收获他们的高级大麦种子，提取出负责生长的蛋白质，再把这些生长因子装上船，运送到各家细胞农业初创公司，后者利用它们来加快生物反应堆里的发育速度，这个话题我们会在后文讨论。

奥尔瓦博士头发花白，下巴上有青色的胡楂，他双手揣在实验室白大褂的口袋里，对着镜头详细解释 ORF 的做法，以及他们为什么会使用大麦。

“(大麦) 是最古老、最坚韧的作物之一。比起其他农作物，它适应气候的能力很强。”

他指出，大麦可以自体授粉，因此更容易控制遗传性状的代际传递。也正因如此，ORF 公司可以“大幅降低细胞培养肉所需生长因子的生产成本”。

奥尔瓦博士以一段雄心勃勃的结束语完成了他的演讲。

“我们的任务是为细胞培养肉的生产者扫除眼下面临的最大障碍。要满足全世界日益增长的对零残忍、气候友好肉类的需求，细胞培养肉产业需要一种解决方案。”对他来说，这种解决方案就是利用从大麦中提取的生长因子来提高细胞培养肉的生产效率。

“所以我们现在的基本情况是，”后来埃文向丽诺尔解释道，“有一家公司在酷似火星的地貌上种植经过基因改造的大麦。还有更棒的——他们的大麦实际上会产生一种蛋白质，能提高生物反应堆生产细胞培养肉的效率。”

丽诺尔顿住了。“所以，他们的大麦不是用来做面包的……甚至不会用来酿酒？”她的语气有些不耐烦——毕竟我们讨论的重点应该是食物。

“没错。但别忘了，我们在北美种得最多的草是用来喂猪、鸡或牛的工业玉米。北美洲人实际上不怎么吃玉米，汽水里的玉米糖浆除外。所以如果层层深入、刨根究底，你会发现，今天地球上的食品工业体系就是利用经过基因改造的草来喂养其他生物，制造出人们爱吃的蛋白质。我认为ORF公司现在做的也一样。只不过他们把猪、鸡和牛换成了微生物，利用它们将淀粉和糖转化为人造猪、鸡和牛的蛋白质。”

但丽诺尔并未完全信服。

“也许吧，但我说不准。老实说，利用地热在北极圈附近种植经过基因改造的大麦，生产出一种能让试管里的肉长得更快的东西，这个主意听起来有点反乌托邦……像是那种疯狂科学家变身杀人狂的蹩脚科幻片剧情？”

她的声音慢慢低了下去。

“一切都是相通的，”这一次，埃文很乐观，“一万年来，人类这个物种一直靠改造禾本植物的遗传特征来解决食物体系的问题，养活所有人，ORF 在冰岛的温室只是最近的例子。”

“另外，”他继续说，“未来他们甚至有可能把大麦里的糖和淀粉与蛋白质分开，然后再回收利用植株其余的部分，这样一来，大麦不仅能产生这些宝贵的蛋白质，也可能成为一些淀粉或糖的来源，做些别的事情，比如说酿酒，剩下的秸秆还可以用来堆肥。在火星上，每个有机分子都是资源，所以火星社区的第一批成员真的要给每样东西找到多种可能的用途。”

丽诺尔点点头。“我想这是个开始。但我们要吃大量碳水化合物。没有人会想到意大利面吗？这些热量我们该去哪儿弄？”

草的问题

部分答案或许是，我们其实不需要那么多碳水化合物。它只是碰巧成为人类食谱中的主角——因为碳水易于生产，所以我们生产它，吃掉它。而且，地球上也没有埃文所设想的那种在火星上不可或缺的高效系统。也许正是因为从古至今，我们的地球母亲一直这么丰饶，到处都是肥沃的表层土和青翠的原野，人类才会如此挥霍资源，任由自己的食物体系演化成效率如此低下的系统。

虽然我们成功培育出了高产品种的玉米、水稻、小麦和大麦（并用收获的作物生产出美味的饮料、可口的面包和面条），但在草的问题上，人类正面临重大问题。简言之，我们生产、利用这些东西的方式带来了一些危及人类和地球健康的最严峻的问题，更别提它还让这颗星球上的野生生命陷入了边缘化境地……而这一切要部分归咎于——草实在太多了。

我们先从环境说起。牧场和粮田占用的空间比其他任何人类活动都要多，光是牧场占据的土地面积就超过了其他所有人类用地的总和，而这些牧场仅仅是半野生草地而已。人类挽救世界生物多样性的努力正在走向失败，种植粮食和牧草是导致这个局面的关键因素之一。同样有害的是，这些草导致了大量温室气体排放。全世界约四分之一的温室气体来自生长中的谷物、吃谷物的牲畜（如全世界15亿头牛产生的甲烷①）及运输这

---

① 根据联合国粮食及农业组织的数据，2019年，地球上有1511021075头牛。其他信源估计的数字也差不多：过去五年里任一给定时间的数字介于10亿到15亿头之间。如果取个整数，并假设每头牛重约1000磅，再考虑到人类的平均体重差不多是140磅，这意味着从体重角度来说，地球上牛的生物量很可能比人还多（地球上的人已经够多了）。

些作物生产的食品所消耗的能量。如果这些数字看起来太大，让人没有概念，那么这样比喻或许更合适：粮田、牧场和牲畜的影响加起来差不多相当于一颗小行星正在慢慢撞向地球。

但这个推论也是正确的。如果说今天的全球谷物 / 草 / 牲畜系统代表着严重的环境问题，那也意味着，拯救环境的一些最佳办法是改造这套系统。通过进一步理解土壤和植物微生物群，投资提升耕作投入精准度的技术研究，寻找更多替代蛋白质，我们的食物体系就可以演化、适应。而我们为火星设计的系统将为地球农业指明方向。

食用这些草还会对人类健康产生一系列影响。过去两代人以来，医护人员和营养学家注意到，糖尿病、肥胖和其他与饮食相关的慢性疾病患病率急速上升，这一现象始于西方国家，目前正向全世界扩散。其中一个原因当然是我们现在摄取裸碳水热量过量。这些碳水热量通常来自玉米、小麦或大米，以精加工谷物和糖的形式被摄入。这些精加工产品可能还会改变生活在人体内微生物群中的细菌群落，所以食用太多精制谷物似乎与麸质过敏之类的肠道问题增加有关。玉米是北美最主要的作物之一，工业玉米生产的问题尤其严重，因为它是高果糖玉米糖浆和玉米淀粉的原材料，而这两种物质是汽水、薯片和糖果的重要成分。营养科学家表示，随着越来越多的国家开始接受北美的神奇饮食，贪享垃圾食品，“膳食变迁”正在风行。

为了切身体会这方面的营养问题有多严重，几年前，埃文和一个研究团队合作，把膳食建议与全球农业生产数据进行比较。① 虽然这篇论文是几年前发表的，但他还是很兴奋，这项研究比较了我们**应该吃的东西**和**目前生产的东西**的数据。众所周知，人类的膳食约有一半应是蔬菜和水果，但全球果蔬总产量只能达到需求量的几分之一，如果每人都遵循营养学家推荐的膳食，则产量远远无法满足需求。

埃文和研究团队从“加拿大饮食指南”（Canadian Food Guide）等饮食建议、哈佛大学“健康饮食餐盘”（Healthy Eating Plate）等膳食模型入手，二者都认为，水果和蔬菜在我们的食物里应该占到一半左右。研究者计算出，今天人类生产的水果和蔬菜大约只有食物总产量的八分之一。同样，虽然营养学家的推荐膳食里应有四分之一左右的谷物（而且最好是全谷物），但全世界食物供给中谷物的占比为将近50%，且绝大部分以某种精加工的形式被食

---

① KC KB, Dias GM, Veeramani A, Swanton CJ, Fraser D, Steinke D, et al. (2018) When too much isn't enough: Does current food production meet global nutritional needs? PLoS ONE 13(10): e0205683. https://doi.org/10.1371/journal.pone.0205683

用。此外，我们还生产了过多的脂肪和糖。这项研究的结论是，我们知道自己应该食用的健康食品和世界农业食物体系生产的食物之间存在根本性的错配。

火星食物体系从营养角度来说必须是最优的。草扮演的角色很可能没有在地球上那么重要。虽然埃文和丽诺尔第一次碰面时吃的是甜甜圈，但火星膳食里不会有那么多甜品和糕点，倒是有很多新鲜的草莓和漂亮的沙拉。我们的母星不必遵循这样的模式，但真理不会动摇：地球农业正在危害人类的健康、摧毁这颗星球，部分是因为我们吃了太多谷物和牲畜产品。借着喂养火星的机会，我们可以甩开历史留下的错误，从头构建一套食物体系。

人类不健康地迷恋草，引发了环境和健康两方面的诸多问题。为什么会出现这种局面？原因是多样的。部分原因似乎与人类基因有关：很多人真的很享受碳水化合物和糖的味道。这种渴望很可能与进化有关，而且无须太多想象力就能想到，在人类历史的早期阶段，那些积极获取糖分的人更容易让自己和孩子成功熬过寒冷的冰期。时至今日，人类被淹没在碳水化合物和糖的海洋中，这种欲望可能会产生反效果——缩短我们的预期寿命。丽诺尔从没见过她不爱吃的派，埃文热爱甜甜圈，但我们都应远离这些“甜蜜炸弹”，走向沙拉柜台。

然而，进化过程中渴望甜味、碳水的倾向只能部分解释农民为什么会生产这么多草，却没有足够的蔬菜和水果。谷物的过量生产部分应归咎于政策。几十年来，很多国家一直在补贴玉米生产。美国就是罪魁祸首之一，每年向玉米生产者发放几十、上百亿美元，让纳税人补贴的谷物充斥市场。虽然近年来这样的情况有所改观，但世界范围内普遍存在政府补贴加剧粮食作物过量生产的现象。

各国政府还投入了不少经费资助粮食作物研究。事实上，20世纪全世界的农业科研资金大部分都用于增加水稻、小麦和玉米的产量。比起向大宗商品和谷物投入的研究资金，水果和蔬菜研究得到的资助却少得可怜。在人类历史上，谷物填饱了人民（和军队）的肚子。但在今天，我们却要和碳水化合物过剩做斗争。

在某种程度上，这是个“好消息 / 坏消息”的故事。既然粮食生产有很多是补贴和政策倾斜的结果，那么或许我们可以假设，火星人会吃一些更接近营养建议的食物，而非沉溺于如今地球饮食。如果这个假设是对的，那么火星社区对糖、碳水化合物和蛋白质（以及牲畜）产品的需求将会大幅降低。但即便如此，火星上依然需要草，因为谁也不能指望火星人只靠藻类存活。归根结底，基地镇的主夹层里至少需要一家甜甜圈店。这些粮食作物要从哪里来？

破解光合作用

为撰写本章高强度工作了几周后，面对复杂的膳食指南、不同类型耕作体系的可持续性和设想火星麦地这个完全不可能的任务，埃文陷入迷茫。他叫上丽诺尔，重新回到最基本的问题。

“好吧，”丽诺尔总结道，“我认为你的重点有三个，这三点既关乎你老跟我唠叨的草，又同时适用于火星和地球的食物体系。

“第一，虽然我们可能的确需要在火星上生产一些谷物，但谷物会占据太多空间，所以谷物只能在火星膳食中占一小部分。”

埃文点点头：“百分之百没错。”

“第二，”她继续说道，“也许在火星上种植少量谷物不是什么大事，但人类现在吃的谷物太多，所以无论如何都应该减少这方面的摄入。”

埃文点头。

“第三，我们也可以通过精妙的育种技术和遗传学手段对草进行基因改造，使之适应火星栖息地，产出营养物质和其他有用的蛋白质，就像冰岛ORF遗传公司利用大麦产出生长因子和药物一样。

“基本上，只要我们能做到这三件事——生产少量谷物，更加平衡膳食，确保对草进行适合火星的基因改造，那么我猜，投入时间、精力和资源设法把草带到外太空就是个合理的选择。”

“是的。”埃文回答，“我觉得就是这样，而且这还提醒了我一些事。”①

几年前，在一场关于食品安全的会议开始前，埃文和一位在比尔及梅琳达·盖茨基金会（Bill and Melinda Gates Foundation）工作的朋友坐下来小酌。埃文问他，你觉得农业研究的下一项重大突破会出现在哪里。归根结底，盖茨基金会声名在外，他们追求的是最高精尖的技术进步（这也招来了不少批评），希望能借此解决世界上最复杂的一些问题。所以，要论“技术算命”，还有谁能比这家机构的资深成员更厉害呢？

埃文的问题很快得到了自信的回答：破解光合作用。确切地说，这方面的研究目标是利用遗传工程从基础分子层面让植物生命变

① 这件逸事在埃文2020年与他人合著的《不确定的收获》（*Uncertain Harvest*）一书中有更详细的描述。

得更有效率。按照他的描述，这是个高风险、高回报的项目，从科学上说很有挑战，但的确有可能实现。

破解光合作用背后的逻辑相对简单。如前所述，过去一万年来，农民、植物育种人员和科学家对我们赖以生存的作物进行了如此彻底的改造，以至于几代以前的农民可能根本认不出如今的许多重要作物。产量爆炸使得全球食物远超人口增长，今天，每个男人、女人和孩子都能摄取日均产量大于2800卡的食物热量。

尽管我们成功培育出了各种超高产谷物，但仍有一个关键变量始终没有真正触及。在所有这些努力中，光合作用的效率始终没有任何改变。

光合作用效率的定义是：一株植物创造、储存的能量（一般是以糖的形式）与照在该植物叶片上的太阳能之比。如今，计算光合作用效率涉及许多复杂的科学和数学问题①，但大部分研究表明，植物只能将落在自己叶片上3%-6%的太阳辐射转化为糖（即化学能）。

找到提高一株植物太阳能利用率的方法，是一个关键的科学

① 计算光合作用效率时，算出的具体数字取决于你如何定义植物能，以及太阳光谱中有多少可以算作光照。这里引用的数字似乎是科学文献中最常用的。

目标，也许能使得地球和火星食物体系变得更加可行。火星离太阳比地球远得多，那里的太阳能相对贫乏。① 若植物能更有效地利用太阳能，这或许至关重要。

在地球上，同样需要提升光合作用的效率。随着人口和收入（主要是亚洲）的增长，人类逐渐脱离贫困，对食物的需求也水涨船高。此外还有一个事实：气候变化和水资源缺乏可能让这颗星球上许多最肥沃的土地变得贫瘠，这必然导致一种结果：在地球上那些还能维持作物生长的地方需要提升产量。但耕地已经用罄，所以，除非我们打算掠夺世界上仅存的森林，否则就要比现在更高效地种植粮食作物。

在不扩展耕地的情况下提升水果和蔬菜产量，这个任务可以通过第四章介绍的室内系统来完成。但近期研究表明，破解光合作用的遗传密码能帮助未来的农民产出更多这类大宗商品，同时减少占用的土地，还能让这些作物在极端天气下仍保持高产。

---

① 很难说清这两颗星球接收到太阳能的确切比例到底是多少。首先，地球和火星的公转轨道都偏椭圆形，这意味着它们在一年中的不同时间与太阳的距离不尽相同。火星上的尘暴会长期遮蔽太阳。在一年和一天中的不同时间，这两颗星球上光照的角度也不尽相同。因此，科学家们提出了“日照辐射量”（solar insolation）的概念，指的是在一段给定的时间里，一个水平空间具体受到多少太阳辐射。最终结果是，火星接受的日照辐射量大约相当于地球的50%。这意味着把温室修建在火星赤道上相当于把它修建在加拿大北部的德文岛（Devon Island）。

这方面的科学虽然复杂，但它的部分机制解释起来却很简单，问题主要集中在植物如何利用二氧化碳。一般来说，温度升高时，大部分植物会关闭气孔（叶片上的小孔）来节约水分，但这会削弱植物吸收二氧化碳的能力，继而降低光合作用的效率。但有些植物物种（即所谓 C_4 植物①）哪怕在炎热条件下也能维持光合作用正常进行。总体来说，大约只有3％的开花植物属于 C_4 植物，但它们贡献了全球差不多20％的光合作用。鉴于此，一些科学团队（部分由盖茨基金会资助）正致力于更好地理解 C_4 植物的运行方式，试图弄清该如何利用研究成果提升某些关键作物的产量。虽然还有其他破解光合作用的途径，但 C_4 这条路看起来希望最大。近期一些研究表明，这方面的生物工程技术或许能让作物产量提升40％左右。②

---

① C_4 植物即碳四植物，指生长过程中从空气中吸收二氧化碳首先合成苹果酸或天门冬氨酸等含四个碳原子化合物的植物，如玉米、甘蔗等。——编注

② 这方面的论文很多。例如：(1)Carl R. Woese Institute for Genomic Biology, University of Illinois at Urbana-Champaign. (2020, August 10). Photosynthetic hacks can boost crop yield, conserve water. Science Daily. Retrieved January 29, 2022 from www.sciencedaily.com/releases/2020/08/200810113213.htm. (2) South, P.F., Cavanagh, A.P., Liu, H.W., & Ort, D.R. (2019). Synthetic glycolate metabolism pathwaysstimulate crop growth and productivity in the field. *Science*, 363(6422). And Sabtora, T. (2019, October 28). Hacking photosynthesis to feed the future. Scienceline. Retrieved January 29, 2022, from https://scienceline.org/2019/07/hackingphotosynthesis-to-feed-the-future/

用同样多的耕地多生产40%的食物，将极大改变全球的食品安全状况。改进植物将二氧化碳转化为糖的方式，或许能让火星社区产出谷物。但在目前，埃文觉得自己需要跟丽诺尔厘清一个真正开始困扰他的问题。

火星思考方式

“好吧，”埃文暂时放下火星梦，开口道，“我实话实说了。几年前，我和两位才华横溢的新锐学者伊恩·莫斯比、莎拉·罗茨合作撰写了一部学术著作。在书中，我们全面审视了盖茨基金会资助的破解光合作用项目，还花了大量时间讨论这项技术是否真能带来预期的突破。

“经过讨论，我们得出结论：关于破解DNA的各种吹嘘有点言过其实，这个课题整体看来有炒作成分。许多消费者和欧盟之类的管理者厌恶基因改造，而且很多人觉得，更好的办法是试着利用一些更自然的植物育种手段来达成同样的结果。所以在当时，破解光合作用感觉就像‘一切技术解决手段之母’。我们的结论是，要提升食物体系的可持续性，更简单、更合理的办法应是直接制定好的公共政策（例如给温室气体排放定一个实实在在的价格，或者资助更先进的植物育种技术），而不是寄希望于某项重大科学突破。

“但现在我遇到了信仰危机。伊恩、莎拉和我写那本书仅仅是几年前的事，自那以后，全世界损失了400到4000个物种①，排放了大约900亿吨二氧化碳。与此同时，这颗星球的气温上升了0.25华氏度左右，人口增长了约1.6亿。2019年，光是加拿大就有180万公顷森林被烧毁。”

“所以，就在我们坐等好政策的时候，地球的情况大幅恶化了。”

“同样在这段时间里，盖茨资助的一些致力于破解光合作用的顶级研究团队不断发表令人印象深刻的论文，宣布他们正在破除阻碍人类通过基因改造大幅提升作物效率的一些重大障碍。事到如今，我们好像已经落在了后面，政策其实没什么用，科学技术正在创造真正的解决方案。

“让我和你讲讲最近碰到的两位年轻科学家兼企业家吧——卢克·扬（Luke Young）和罗里·霍恩比（Rory Hornby），他们启动了一个名叫‘农海’（Agrisea）的风险项目，在大米的基因组里找

① 这个事实丽诺尔再清楚不过，她写过一本关于物种灭绝的书。

到了七个基因，他们认为这些基因负责控制作物的耐盐性。可以说，卢克和罗里正在研发一种能耐受高盐环境，甚至可能在盐碱水里生长的大米品种。拜不可持续的耕作方式和气候变化所赐，东南亚大部分地区的小农户正在被盐水淹没的稻田里苦苦挣扎着维持生产，因此，开发耐盐大米意义重大。它甚至能让人类在沿海地区的浮岛上种植大米。再考虑到火星，农海公司在基因组方面的工作也许能让我们研发出一些适合火星的基础粮食作物。

“我依旧信奉好的公共政策。但时间紧迫，看来科学家的表现比政治家强——我们是不是该改押这匹马？”

丽诺尔消化着这些讯息，两人沉默了片刻。“科学是有效的，”她终于回答，“但并非，也从来不是万能药——不过它看起来的确有用。当然，政策来得很慢。我也同意。时间紧迫。这也是在火星上建立社区项目之所以有价值的原因之一。地球上的研究有时会因政治和政策原因陷入困境，这类项目能为研究领域注入新动力。你知道我对转基因生物总有种莫名的恐惧。真的，我什么都怕。埃文，人们只有吃饱了才有余力对技术产生邻避恐惧①。”

---

① 邻避症候群（Not In My Back Yard，简称 NIMBY），指新发展计划受到该区或邻近地区居民反对，滋生“不要建在我家后院”的心理。——编注

我们继续讨论这个问题。这样的对话没完没了地重复了很多次。丽诺尔通常倾向于认为，科技可能拯救世界。而埃文则更谨慎，他一门心思觉得，好的科学技术需要以强有力的先进政策为基础。但我们达成了共识，科学和政策都是必需的。我们也同意，留给人类的时间不多了。

所以，在本章末尾，截至本书写作之时，我们给破解光合作用技术算的命是这样的：

首先，我们认为，到21世纪30年代，在理解、改造植物遗传特征的道路上，科学家们几乎肯定能取得一些重大突破，给未来的农民提供一些能在炎热干旱条件下保持高产的种子，利用现有耕地生产出更多粮食。

这些科学成就能否改善环境，让人类变得更健康，这将取决于社会和经济方面的诸多因素。比如我们需要决定，这些高产种子是应免费提供给全球南方（Global South）①的农民，还是应该指定一个他们能承受的价格。问题的答案（属于公共政策的范畴）将决定这项技术的用途。

其次，公共政策和消费者行为将决定这项技术只是简单用

① Global South不是一个地理概念，更偏向于一个经济概念，指的是全球的欠发达地区，通常包括拉丁美洲、非洲和亚洲，有点类似"发展中国家"。——译注

来继续大量生产廉价玉米糖浆，还是为所有人提供更健康的食物。

最后，人们期待这些技术能带来的好处之一是增加现有耕地的食物产量，这样一来，我们就不必那么迫切地继续挤占全世界的森林。但这只是一种假设：在一个地区密集耕作就能挽救另一个地区的土地，这只是一种理论上的可能。事情到底会不会这样发展，大自然能否得救，最终还是取决于政策制定者和规划者。想保护土地，拥有大幅增产的神奇种子只是解决方案的一部分而已。保护自然的强力政策同样重要（如果不是更重要的话）。换句话说，科学提供工具，但社会、政治和经济因素决定了这些工具能否转化为解决方案。

说到火星，从某些角度来说，我们的思想实验变得更简单了。我们认为，要为基地镇提供有限的谷物和油料种子，可行的策略或许是：利用火星轨道上的太空镜子将太阳能聚焦到几座火星环形山上，这些环形山必须用经过强化的染色玻璃覆盖起来，以过滤阳光中有害的辐射（冰也有可能用作这里的建材）。在这些巨大的温室里，农民会利用蓝藻菌罐和堆肥设施生产的有机基质种植粮食作物。作物本身接种过有益的土壤微生物，这些微生物能固定大气中的氮，还能发挥其他功效。这些粮食作物经过专门的培育和基因改造，能在火星的低重力和低气压环境下存活，还能产出药用蛋白质、淀粉、碳水化合物、油和糖。

到了收获的时候，每种成分都会被仔细地分离出来，最先提取出的是价值最高的产品（比如有药用价值的），另一些成分被制作成烹饪油、麦芽糖或面粉。最后剩下的东西会通过堆肥装置立即被食物体系回收利用，这种设备既能回收有机物，又能回收水。堆肥也能产生热量，这些热量会被搜集起来用于发电。总之，这意味着基地镇居民能在膳食中享用少量谷物制品，但面粉或玉米糖浆之类的原料将成为奢侈品，得留到特殊场合享用。核桃派——丽诺尔的最爱之一，将成为特殊场合的“特供食品”，作为补偿，全镇公共区域里随处可见的杧果树将提供不限量的新鲜杧果。

“你知道，”丽诺尔说，“我学到的最重要一课可能是站在火星人的角度思考，而不是任何具体的技术。要想象火星食物体系，我们得强迫自己思考该如何高效利用每种资源，并为每种产出找到多种用途。也许我们在地球上也应该形成这样的思考方式，而不是关注技术本身。”

带着这样的想法，丽诺尔一头扎进最深、最难的那个“兔子洞”。地球食物体系最铺张浪费的部分是动物蛋白质的生产。火星人会是素食主义者吗？火星有希望成为水牛漫步的家园吗？

PART 3

红肉

第六章　我不敢相信，那竟然不是奶牛

茶歇和峡湾给火星规划者带来灵感

让我们在时间线上后退几步，不用退太远，只要回到新冠疫情开始之前。那时候丽诺尔还在做她最擅长也是她天生就会做的事：周游世界，吃东西。闪回当初，她正漫步在斯德哥尔摩（Stockholm）的大街上。

如果未来的火星城市规划者觉得自己够大胆，那他们也许可以到斯德哥尔摩寻找灵感。快速高效的公共交通，行人友好的干净街道，还有声名在外的斯堪的纳维亚社会安全网络托底，在这里，健康快乐的市民们过着松弛、平衡的生活。每天有那么一两次，市民们会从整洁的中低层石造建筑中走出，到咖啡馆茶歇、聊天，享受浓郁的咖啡和甜品。

丽诺尔去斯德哥尔摩是为了沉浸式体验茶歇文化，以便更好地理解现代肉桂卷的历史和演化。肉桂卷是茶歇的标志性食物，现代瑞典人深爱这种经典烘焙产品，人均每年要吃掉316个肉桂卷。不同于北美供应的涂着厚糖霜的畸形怪物，北欧的肉桂卷更克制——精致的螺旋面团卷成风车形状，直径和旁边的咖啡杯差不多。但风味可以弥补它的尺寸，肉桂和小豆蔻的香味十分浓郁。事实上，瑞典人均消耗的肉桂比其他国家多18倍，自维京人从西班牙的摩尔人那里带回这种香料，他们就开始大量使用它，算起来已有一千多年的历史。这种非比寻常的美味习惯是斯堪的纳维亚国家料理中流传下来的众多中世纪风味之一。

丽诺尔是一位出色的茶歇追寻者。最终，在一座临水的公园里，她找了一间舒适的路边小咖啡馆，坐下来看教养良好的孩子们跑来跑去，斑驳的阳光洒在市中心岛区老城的宏伟宫殿上。那时，丽诺尔已经开始思考未来食物体系可能如何演化，她也跟埃文聊过，但火星还没有进入他们的视野。一个问题在她脑海中盘旋，她掏出手机给他发了条信息。

“你觉得北欧的哪种食品文化烙印最深，造成的碳排放问题最严重？”

埃文的回答来得很快，而且只有一个词：“牛奶。”

瑞典是个热爱牛奶的国度。该国人均乳制品消费量在全球数一数二，虽然只有6%左右的土地适合务农，但其中约三分之一是牧场。乳制品是瑞典的头号农产品，该国拥有近3500家乳制品农场（不过这个数字正在下降）。在斯德哥尔摩的大街小巷，酸奶和奶酪随处可见。无论是在地球上还是火星上，旅居的瑞典人肯定会想念他们的欧斯特（ost，瑞典语里的“奶酪”）。

但在火星上生产乳制品难度很大。虽然牛是美洲大陆最早的殖民者之一，但大体来说，奶牛不适合旅行。我们的确可以将奶牛的胚胎从地球送往火星，但这些胚胎将暴露在严重的辐射中。还有个问题是，这些动物到了火星后该吃什么。毕竟按照我们的想象，那里的草应该不多。

此外，动物在太空中如何生存？我们这方面的知识少得惊人。迄今为止共有苏联、美国、阿根廷、法国、中国、伊朗和日本七个国家将动物送上过太空，做短期零重力实验。但到目前为止，这份动物名单里尚未出现过任何主要牲畜（国际空间站曾接待过四只鹌鹑），上过轨道的大型动物只有几十条苏联犬、一只猫和一些猴子。这些非志愿参加人类太空项目的倒霉鬼包括苏联的太空犬莱卡（Laika）和HAM［其名来自霍洛曼空天医学中心（Holloman

Aerospace Medical Centre）的简称］，人们利用这只大猩猩来测试人类在高重力发射状态下的反应，还有其他一些牺牲的无名灵魂。虽然这些测试的结果有好有坏，但对未来的太空牧场主来说几乎没有什么好消息。

和人类一样，动物在太空中也会承受压力，体重、肌肉重量和骨密度都会降低。但即使人类能把几头奶牛送上火星，实际上很可能也不会这样做。一头奶牛一天要吃25千克食物，喝100到200升水。在地球上，大部分乳制品的成本中约有70％花在喂养这些动物上面。对飞往火星的“拓荒航班”来说，要把这么多食物和水（还没算奶牛本身）送出地球，需要的能量将压垮最慷慨的预算。每天消耗这么多食物，只为了从一头大型四足动物身上挤一点奶，这实在太不划算了。所以，哪怕在最有想象力的科幻作品中，也不会在太阳照亮火星黎明时听到牛科动物浑厚的哞哞声。

幸运的是，我们假想中的火星人还有其他选择。这对丽诺尔来说也是一种幸运。现代智人大多数有某种程度的乳制品不耐受，她也是如此。这种不耐受出现在人刚刚成年的时候；小时候最受欢迎的零食之一——奶昔，如今会让丽诺尔，呃，说得礼貌一点，不舒服一段时间（埃文则相反，大概是因为他拥有维京人基因，可以放肆地狂吃奶油）。牛奶中含有一种名叫乳糖的糖分，当我们还是孩子的时候，身体会产生一种乳糖酶，让人体消化牛奶。对很多人来说，产生这种乳糖酶的能力会随时间的流逝而变弱，所以我们越来越难以消化牛奶和其他乳制品。全球约有三分之二的人会对牛奶产生这种反应，但也有人消化牛奶的能力高出常人。这种让人在成年后还能继续喝牛奶的变异被称为“乳糖酶持久性”(lactase persistence）。在北欧，数以百万计的人靠乳制品熬过寒冬，其中90％的人携带这种变异基因；但在亚洲和南美，这个比例就低得多。这种变异出现在约4300年前，很可能是随着乳品农业的爆炸式扩张传播出去的，甚至可能通过维京人的扩张从斯堪的纳维亚传到了苏格兰（埃文家就来自那里）。

那么，一位没有乳糖酶持久性的食品学教授在盛产乳制品的瑞典考察食物时该如何自处？唔，你可以在吃奶酪之前先吞几片乳糖酶，它能在短时间内强化肠道。但从很多方面来看，最理想的选择永远是用植物代替乳制品。用植物性产品——如杏仁“奶”或者豆“奶”代替牛奶，是一项古老的技术。这种产品最早或许来自大豆，出现在约两千年前的中国。类似的饮品还有中美洲的欧洽塔（horchata），东欧的波扎（boza）和东非的麦芽小米饮料。这些牛奶的替代品从传统上说大部分是家庭小批量自制，但在20世纪40年代，商用豆奶产业在香港发展起来，并于20世纪七八十年代扩张到全球。

这种产品最早的版本有点难喝，埃文、丽诺尔和20世纪70年代的大多数孩子想起那沙砾般牙碜的口感和“豆腥”味儿都会不寒而栗。最早的大豆冰淇淋又脆又苦（你高高兴兴去买冰淇淋的时候往往不会想到这两个词）。但在那之后，基于植物的“牛奶”技术有了长足进步。时至今日，植物性饮食的流行，人们对健康的关注和对环境的担忧，再加上乳糖不耐受，都驱动了这项产业的发展。豆奶仍是市场霸主，但腰果奶、米浆、椰奶甚至夏威夷果奶都有大批拥趸。仅仅在美国，植物基奶业每年的市场规模差不多就有20亿美元——或者说，在整个牛奶零售市场中占到14%的份额。

不过，在我们飞向火星之前，埃文和丽诺尔都觉得，植物基奶业真正的主角是一个崭露头角的新角色：燕麦奶。

大卫、巨人和瑞典乳业

回到斯德哥尔摩，丽诺尔正要和一个现象级品牌——欧特力（Oatly）初次相遇。她约略听说过这个当红的燕麦奶品牌，因为它在北美得到了很多狂热爱好者的追捧。

但丽诺尔起初没有刻意去找它。此前1.0版本的北美燕麦奶让她心有余悸，那玩意儿实在……不怎么样。但当她第一次走进瑞典的日杂店，就发现燕麦奶鲜艳的包装盒占据了眼前的一整面墙，盒子上骄傲地印着那个深受时髦咖啡师青睐的商标。她拿起一盒。盒子侧面的故事讲得花团锦簇，有快乐的农民，进取的企业家，健康的肠道，还有管理有方的环境。或许是因为颜色，或许是因为那些迷人的故事太过奇特，总之这套营销策略非常有效。拿了几种不同的产品后，丽诺尔尝了尝。就是它了——作为两位饮食地理学家，我们都觉得事实不容否认：燕麦奶是很棒的产品。

丽诺尔立即跑出去买了一杯燕麦奶昔。

“洋甘草①味儿的？”

“是的。今日特调。”

所以，今天特调的燕麦奶昔是洋甘草味儿的。

她给埃文发了条信息，后者停下手头正在标记的文章，瞟了一眼：“你会喝洋甘草味的燕麦奶昔吗？”

---

① 洋甘草，学名 *Glycyrrhiza glabra*，又叫光果甘草，这种多年生开花植物繁茂的根会散发出一种甜香味。瑞典人热爱洋甘草，他们很可能会把它带上火星，它会喜欢那里的沙质土，也会让瑞典人以外的奶昔消费者皱起眉头。

“当然！”他立即回答，后面还缀了个击掌的表情。(老实说，埃文嫉妒丽诺尔的旅行，他暗暗希望这杯奶昔不好喝。)

丽诺尔觉得洋甘草和冰淇淋根本不搭，于是又问了一次。那位困惑的店员相当肯定——当天的燕麦奶昔特调就是洋甘草味。

丽诺尔看了一眼埃文发来的击掌表情，呷了一小口。洋甘草味有点不搭，但欧特力的口感的确很像乳制品。从营养角度来说，这基本上相当于喝了一碗麦片粥。和豆奶或杏仁奶不同的是：大豆和杏这两种作物都会消耗高昂的环境成本，种植燕麦对可持续发展的贡献能得一颗金星。燕麦是可持续作物轮作的重要品种，但几十年来，燕麦的生产一直在萎缩，因为汽车取代马匹成为人类偏爱的交通工具，燕麦失去了市场。也许它是一种值得扶持的牛奶替代品？

但你该如何从燕麦中挤出奶来？这跟我们假想的火星社区又有什么关系？

第一个问题的答案是通过化学工艺，第二个问题的答案几乎同样简单：一旦我们理解了制作燕麦奶的化学工艺，就将获得一些工具，确保未来我们太空时代的兄弟能在为地球化火星而努力工作的一天开始之前，喝上一杯美味的植物化拿铁。

在欧特力的案例中，用植物榨取牛奶的故事始于添加到燕麦中的酶，这些酶会让燕麦液化，同时保留燕麦里的 β - 葡聚糖（一种天然存在的糖）。这个过程让欧特力公司的产品能够打出绵密的奶泡，做一杯像样的拿铁，也赋予了燕麦基冰淇淋逼真的质地。这个过程由隆德大学（Lund University）的食品科学家理查德·厄斯特（Rickard Öste）摸索出来，1994年，他成立了一家公司，开始生产高品质的燕麦产品。但是，市场对燕麦基代乳品的需求增长十分缓慢，直到最近十年，欧特力才开始真正流行起来。不过，这家公司的确拥有一批早期忠实拥趸，他们的出现可归功于咖啡文化和一场弄巧成拙的诉讼。

这场诉讼类似《圣经》中大卫遇见巨人歌利亚的故事。起初，一家瑞典乳业巨头把欧特力告上了法庭，因为这家植物基代乳品初创公司大言不惭地宣称他们生产的是“给人喝的牛奶”。这场战斗以欧特力败诉告终，法官赞同传统乳制品业的看法，欧特力的营销策略并不合适。但从大局来看，他们或许才是赢家。欧特力在舆论战场上做出了回应，公开了诉讼的文字材料，揭开了整件事的本质：一个成熟的产业攻击弱小的新入场者，这样的故事屡见不鲜。欧特力的销量飙升，公司扩张到了海外。他们一往无前。

如今，欧特力已随处可见，在新冠疫情期间一直在成长。2020年，美国燕麦奶的年销售额增长了212%，如今已成为仅次于豆奶的第二流行的植物基代乳品。2020年，欧特力生产了1.65亿升产品，比上一年度增长了93%。2021年5月，欧特力股票在纳斯达克证券交易所首次公开发行，这一举措大大增加了该品牌在北美的知名度。

后来，丽诺尔想起了那杯燕麦奶昔，她给埃文发了条信息："我很好奇，燕麦奶会不会成为忙碌的火星人最合适的代乳品？"

"也许吧。"他回答。但彼时他刚开始研究如何在火星上种植谷物，正开始怀疑自己（见第五章）。虽然我们认为，未来的火星社区或许的确可以生产一些燕麦和数量合理（但为数不多）的燕麦奶，但这仍无法完全满足基地镇居民的饮食需求。首先，就连燕麦奶也很难造出人类历史上最受欢迎的乳制品之一：奶酪。

鲜味和风土

奶酪在饮食界的地位举足轻重。要理解奶酪为何在当下和未来、无论地球内外都如此重要，我们需要理解两个来源迥异的词语：鲜味和风土。

“鲜味”(umami) 源自日语，解释了人类为什么如此偏爱奶酪之类的发酵乳制品。“风土”(terroir) 源自法国，讲述的是产自某地的食物和其他地方出产的同种食物为什么会有巨大的差异。

虽然西方对鲜味的认可度不高，但它和甜味、酸味一样，是人类的一种基本味觉。对“鲜味”最贴切的描述是：一种美好的、令人满足的、好吃的感觉。从化学角度来说，鲜味由几种化学物质触发，当我们吃下这些化学物质时，舌头上的感受器会像弹珠机一样被点亮。我们渴望鲜美的食物，吃不到就会想念。①

虽然鲜味是烹饪中如此基本的一种元素，我们对它的理解却开始得很晚。世界各地都有人注意到，鲜美的食物令人愉悦，但他们说不清这到底是为什么。法国名厨奥古斯特·埃斯科菲耶 (Auguste Escoffier) 发现，特定的食物组合中隐藏着令人愉悦的风味，但直到1908年，人类对鲜味才有了真正的了解。当时，东京帝国大学的化学家池田菊苗 (Kikunae Ikeda) 一门心思想弄清楚，日式昆布鲣鱼高汤的风味为何如此独特，要知道，这种汤里往往只放了昆布和一点点漂在水面上的柴鱼花。他从昆布 (Laminaria japonica) 制成的高汤里分离出固体，一边提纯一边品尝，最后得到一种名

① 具体而言，触发鲜味的主要是谷氨酸盐和天冬氨酸盐混合物。

叫谷氨酸（glutamic acid）的结晶氨基酸。他将这种新味道命名为“鲜味”，分别来自日语里的“umai”（鲜）和“mi”（味）。此后，池田把自己的研究成果转化为一项事业，以味精为基础的调味料在环太平洋地区的餐桌上随处可见。鉴于他的成果和努力，池田被列为日本十大发明家之一。对于一项因为迫切想弄清自己的汤碗里到底有什么而即兴展开的研究来说，这是个不错的结果。

池田菊苗发现的这类氨基酸和它们触发鲜味味蕾的能力广泛存在于许多传统食品中，包括风味特别复杂的发酵蛋白质。奶酪天然有大量富含鲜味的化合物。奶酪制作是一项古老的工艺，埃及陵墓的壁画和希腊、罗马博物学家的著作中都有它的身影。它巧妙地将美味与实用性完美结合，是凝固在时间中的鲜美牛奶。

风土是一个微妙的概念，我们之所以执着于流传了几个世纪的烹饪实践，而不是简单地每天以几顿营养糊糊果腹，深层原因正在于此。风土是会对农产品造成影响的所有人为与自然环境因素的总和，包括地貌、耕作方式和动植物生长习惯。有时它被称为“土壤的味道”，但风土的本质比这种含义更为深远。这个术语往往被用来形容酒，不同产区的葡萄味道的确不同，它描述的正是这种难以言喻的感觉。事实上，风土这个词适用于任何地域差异明显的作物或产品。除了酒以外，风土还被用来研究咖啡、烟草、巧克力、龙舌兰、番茄、枫糖浆、茶和大麻——当然，还有奶酪。如果我们真想取悦火星人的味觉，那就需要把风土从地球带到太空。风土复杂多样，藏在构成人类食物体系的烹饪语言的核心地带。

想想罗克福奶酪（Roquefort）。这种羊奶奶酪产自法国南部一座风景如画的村庄。制作这种奶酪的关键在于添加一种名叫罗克福青霉菌（Penicillium roqueforti）的真菌，它是在镇子下方的山洞中被发现的。① 只有在山洞的橡木架上熟成的奶酪才有资格以此命名，欧洲的法律和食客敏锐的味觉捍卫着它的地位。洞穴里的熟成让奶酪发生了变化，这个过程叫做“精炼”。涉及味道和气味的化合物在这里产生，包括酸、氨基酸、脂肪酸、酒精、醛、酮、酯、内酯、呋喃和萜烯。最后一类——萜烯，反映了动物在被挤奶前的饮食。这种酿造魔法几乎不可能复现，而且与当地条件紧密相关，食品科学家根本无法模仿。这样制成的奶酪洁白、浓郁、稠糯、湿润，其间纵横交错着蓝色的霉菌。该地区生产罗克福奶酪的

① 如今人们把实验室里培养出的霉菌添加到新鲜的奶酪轮中，是传统食物对现代技术罕见的致敬。

历史已有近千年，其原料来自在奶酪生产者身边长大的拉科讷羊（Lacaune）。这些羊在当地2100家农场的小山和山谷里悠闲地吃草，它们的奶每年能制造约两万吨奶酪。顺便说一句，这种奶酪含有大量的游离谷氨酸。所以归根结底，罗克福奶酪既是风土的象征，又是鲜味的典范，这颗由复杂脂肪发酵而成的“风味炸弹”，其独一无二的特征正是来自产地。

就在丽诺尔和埃文讨论着全世界最棒的奶酪，越说越起劲时，埃文停了下来。

“我有点困扰。鲜味和风土，让我想起了食物有多复杂。火星农场怎么可能生产出美味的食物？

“毕竟，火星农民的起点是一颗没有生命的星球和经过基因改造的生物群落，没有土壤中的有益菌，没有几个世纪的积淀，也没有精心的育种。想想看吧，这种地方生产出来的东西真的有可能好吃吗？”

丽诺尔望向窗外，回想着历年来她参观过的制作奶酪的洞穴，耸了耸肩。“会很难，但我觉得，凭借对土壤微生物的深刻理解和一流的基因组学实验室，火星农民很可能——总有一天，会把鲜味和风土带到那颗红色星球……”

说回地球，试图用植物制造奶酪的人们面临的挑战和火星人差不多——用简单的原材料酝酿出沉淀千万年的复杂风味，反向破解那张微妙的化学物之网，让吃过的人念念不忘、趋之若鹜，这真有可能做到吗？鉴于人类如今在分子层面上对牛奶的了解，以及对牛奶转化为奶酪的过程认知，我们能复制出蓝纹奶酪这样复杂的东西吗？

部分答案藏在原料里，包括不同种类的蛋白质（主要是乳清蛋白和酪蛋白），这些蛋白质会被来自牛胃内膜的凝乳酶分解，形成凝乳。正是这些经过转化的酪蛋白赋予了奶酪独特的质地和性质。[①] 如果我们相信古希腊人的说法，那么奶酪生产就是历史上最早的化学实践之一。尽管奶酪的魔力部分来自蛋白质，但它最了不起的一些特性还是取决于奶酪制作者的手艺。马苏里拉（Mozzarella）奶酪是通过拉伸和折叠制成的。切达（Cheddar）干酪的制作手法是“切达”（cheddar），即施加很大的压力。帕玛森－雷吉亚诺（Parmigiano-Reggiano）奶酪的绝妙风味部分来自将早晨和晚上挤的牛奶混合后产生的萜烯，不过它的制作也离不开盐水浴和一年的精炼。

① 传说中奶酪的起源有两种故事。很久以前，曾有一位骑手，她（或者他）把牛奶装在一个用羊胃制作的袋子里，然后惊讶地发现，当他们停下来吃点东西的时候，袋子里的牛奶变成了凝乳和乳清的混合物。另一个传说（丽诺尔和埃文都更偏爱这个）是：阿波罗（Apollo）的儿子阿里斯泰俄斯（Aristaios）发明了奶酪，这听起来是一种神赐。

无须带上一个小型动物园规模的农场动物，其中的一些元素就可以在红色星球上复现。但复制一块漂亮的文斯勒德（Wensleydale）奶酪，可能超过了火星农民的能力范围。如果红色星球的奶酪制作者无须在牧场中养牛就能得到相当数量的蛋白质，那么他们应该能研发出一些超乎想象的有趣的新东西。

一份牛奶，抓住那头奶牛！

在火星上生产美味奶酪的问题可以很简单：我们能否将对奶酪科学、鲜味和风土的理解结合起来，在火星上制作优质奶酪？毕竟，尽管燕麦在厨房中用途广泛，但有时光有燕麦还是不够。我们想要融化的拉丝马苏里拉，想咬一口布里奶酪，伸手去够一块斯蒂尔顿奶酪时，我们希望它是蓝色的。没有了奶牛和流传千年的微生物群，这还有可能实现吗？

要回答这个问题，意味着我们需要深挖太空时代的技术，这需要我们转移焦点，去会一会食品界的新进成员：细胞农业（cellular agriculture，cell-ag）。这项新技术的目标是生产肉和奶，但**无须任何动物**。细胞农业涉及的一系列技术大体可分为两类。一类是组织养殖（tissue farming），在一个名为“生物反应堆”的超大型有盖培养皿里培养肉和其他产品。①另一种方法更像酿造，利用改造过的酵母菌（或真菌、细菌）将糖转化为动物蛋白（而非酒精或其他更常见的发酵产品）。

就在我们撰写本书时，细胞农业突如其来地进入了主流视野，每天似乎都有“又一家细胞农业初创公司”获得风险投资的新闻登上头条。这些公司募集了成百上千万美元的资金，希望给市场带来没有鸡的鸡肉堡、没有鱼的鱼糕和没有奶的奶昔。②

在这样的炒作下，你可能觉得细胞农业是突然冒出头来的，而实际上这个理念已经在生物反应堆里发酵了不短的一段时间。作为一家专注于细胞农业研发的非营利组织，“新收获”（New Harvest）成立于2004年。2013年，荷兰马斯特里赫特大学（Maastricht University）的马克·波斯特（Mark Post）教授试制了世界首个人造肉堡；到2014年，合成生物学孵化机构“独立生物”（IndieBio）已经启动了好几个细胞农业初创项目。细胞农业的第一场学术会议于2016年6月在旧金山的要塞（Presidio）公园举办。③2020年夏

① 我们会在下一章回头来讲这方面的技术。

② 就连宠物食品也面临重新洗牌。多伦多的“为了动物”（Because Animals）公司正忙着培育猫用鼠肉、狗用兔肉。这很重要，因为美国宠物消耗的肉类热量高达全国总消耗热量的25%。

③ 丽诺尔靠在椅子里，轻呼了一声“哇”，喝了一大口免费赠送的代餐饮料 Soylent。

天，“完美日”（Perfect Day）公司开始在美国售卖细胞农业冰淇淋；2021年，他们又推出了奶油奶酪。

但细胞农业的故事还可以追溯到更久之前。利用经过基因增强的酵母菌和细菌进行发酵，这种工艺的起源可以追溯到1973年，斯坦利·柯恩（Stanley Cohen）和赫伯特·博耶（Herbert Boyer）的基因编辑技术。这对制药业来说是具有开创性的重大突破，直接利用基因改造后的细菌合成了胰岛素。1982年，合成胰岛素进入商用市场，为糖尿病人带来了更不易过敏、质量更稳定、供应更可靠的产品。因此，仅在这数十年间，就拯救了数以百万计的生命。合成胰岛素如此成功，激活了整个生物制药领域。

我们还是说回火星乳制品。

似乎可以肯定，火星奶昔不会依赖于奶牛甚至燕麦，而是利用酵母菌和细菌去合成那些通常存在于牛奶中的蛋白质。之后，人们会在这些蛋白质中加入植物油、水和微量元素，创造出动物乳制品的外观与口感。而今，这项技术已在北美投入使用。

举例来说，2020年，完美日公司开售细胞农业冰淇淋时，用一种酵母菌消化特定的糖，生产出牛奶蛋白。从这个角度来说，完美日用的工艺更像酿造啤酒，而非给四足动物挤奶。这种源自酵母菌的乳清蛋白可作为原料，用来制作冰淇淋。只需与水、脂肪、甜味剂、香精简单混合，瞧，这就是离最近的奶牛也有1.14亿公里的火星，未来冰淇淋屋的完美配料。其他公司正努力利用先进的发酵技术合成酪蛋白和动物脂肪。我们的火星人或许不得不像拼拼图一样“组装”他们的奶酪，但他们很可能一块拼图也不少。

无论在火星还是地球，这些技术都很实用，事实上已经在帮助人类解决一些像奶酪一样黏糊糊的棘手问题了。过去30年来，世界各地的奶酪制作者一直面临着凝乳酶严重短缺的问题，这种酶来自反刍类哺乳动物的胃黏膜。它能将牛奶分离成凝乳和乳清，帮助乳制品完成从牛乳房到奶酪板的旅程。

随着全球奶酪需求持续增长，胃黏膜的供应却跟不上。有鉴于此，多年前，一些聪明的食品科学家开始追问：胃黏膜可以人工合成吗？谢天谢地，答案是肯定的。胃黏膜可以通过发酵过程制造，这项工艺类似完美日制作乳蛋白的方法，利用细菌、真菌或酵母菌把糖转化为胃黏膜。合成胃黏膜的诞生意味着奶酪制造业能够满足市场需求。1990年3月24日，美国食品药品监督管理局（FDA）批准了发酵而成的胃黏膜，这是第一个被批准用于食品生产的基因工程产品。

它的经济效益也很显著：合成胃黏膜比动物制品便宜得多，用它制作的奶酪满足了整整一代快乐的奶酪爱好者，并没有引发任何健康或环境问题。

利用生物技术“说服”酵母菌来完成本应由动物完成的工作，这个成功案例为许多同类产品奠定了基础，其中包括2020年4月15日，完美日公司获得FDA批准的产品。那个夏天，他们的冰淇淋开始在全美发售，为这项技术提供了一块活招牌。

用火星技术拯救地球

我们两人都激动于没有奶牛也能制作奶酪的前景，不仅仅为了它在火星上的应用。

“这项技术在环境方面的潜力是巨大的。”埃文一边在房间里踱步，一边评论道。

“你能站住别动吗？”丽诺尔请求，“你在画面里进进出出的。不过是的，我同意。乳业在环境中留下的痕迹实在太大了，尤其是大规模乳业。”

事实的确如此。奶牛完美印证了那句老话：“好事过头，反成坏事。”据联合国粮食及农业组织估算，2018年，全球生产了8.43亿吨牛奶，到2050年，这个数字还会翻一番。除非我们彻底重新思考这门产业，否则到时候，乳制品对环境的影响也将翻倍增加。

对我们这些不打算赶最早一班火星飞船的人来说，乳业规模和影响双双翻倍，对所有人赖以生存的生态系统来说，无疑是个坏消息。

因为有大量证据和数据详细说明了畜牧动物会造成多大的破坏，对气候变化，空气污染，土地、土壤和水资源恶化以及生物多样性的损失都有巨大影响。联合国于2006年发布的重要报告《畜牧业的巨大阴影》（*Livestock's Long Shadow*）将畜牧业列为这些问题的第二或第三大肇事源。报告强调，目前畜牧业是地球上使用土地面积最大的产业，占据了这颗星球上26％的无冰陆地。人类种植的所有作物中约有三分之一被用来喂养牲畜。

《畜牧业的巨大阴影》的主要结论已得到多方印证，其中包括发表在顶级医学杂志《柳叶刀》上的《2018 EAT柳叶刀报告》（*EAT-Lancet Report*）。虽然在很多情况下，饲养牲畜的确有助于环境，但从全球层面来说，人类饲养的牛、猪、鸡对环境产生的影响正在迅速扩大。

畜牧业对气候的影响十分严峻。该产业排放的温室气体占温室气体排放总量的18％。① 部分原因是现在放牧的动物实在太多；

① 丽诺尔认为，如果你是素食主义者，那你大概可以多乘坐几次航班而不必感到愧疚。你会跳过自助餐会的肉制品餐台，这就省下了不少气候预算。

牲畜（主要是牛和猪）占据的生物量远高于其他所有野生动物。①那可是数量可观的牛里脊。

因此，即使完美日之类的公司永远不会把他们的产品送上火星，或许也能满足人类对奶酪和牛奶日益增长的需求，降低畜牧业对地球环境的整体影响。这家公司计算了他们的蛋白质在整个生命周期内的环境影响，由此作出估算，与普通乳制品的全球平均水平相比，源自发酵的乳制品减少了98％的用水量，77％-92％的土地占用，25％-48％的能源，以及35％-65％的温室气体排放。考虑到奶牛造成的影响，这件事非常重要。再考虑到整个过程中的原料是植物糖，源自酵母菌的乳制品有朝一日甚至可以消耗来自其他产业的食物残渣。

新前线

即使有这么多明确的好处，为地球乳业探索出一套新方法仍需时日。但埃文和丽诺尔都认为，要不了多久，燕麦、细胞和其他

① 这个数字十分惊人。今天，人类的生物量是6000万吨，牲畜有1亿吨，野生动物只有700万吨。Bar-On, Y.M., Phillips, R., & Milo, R. (2018). The biomass distribution on Earth. Proceedings of *the National Academy of Sciences*, 115(25), 6506-6511. https://doi.org/10.1073/pnas.1711842115

替代产品就会被消费者接受。例如，在一个宁静的周日上午，正当埃文坐在那里，编辑这段文字的时候，他的咖啡就加了燕麦奶。他之所以做出这样的选择，完全是基于风味和口感的考虑，而他十八岁的儿子也更喜欢燕麦奶。当然，起初，非牲畜替代乳制品的质量还很差，不会真正威胁这个产业，直到最近，人们拒绝植物性替代品的最常见理由仍是“味道差”。但欧特力之类的产品正在改变这个局面。

同样，在全球部分地区，农民已开始着手解决消费者指控的“虐待动物”问题；他们付出了极大的努力，使用先进科技来改变目前的管理方式。如果说一条与农业有关的真理，那便是：无论你生产什么，总有对环境友好和不友好的方式可以选择，世界各地有很多生产乳制品的农民正在努力维护动物福利，细心保养土地。

牛奶和奶酪在很多消费者心目中总与健康息息相关，得益于此，乳业享受着大多数主要西方国家的政府补贴。面对源自植物和酵母菌的乳制品，传统乳业从业者奋起反击，这是可以理解的。针对欧特力的诉讼只是一次开场的齐射。乳业过于警惕植物性产品可能夺走他们的市场份额。例如，他们意识到北美液体牛奶消费量有所下降。所以整个产业采取了法律手段。在欧盟，“牛奶”

一词不能用于哺乳动物分泌物以外的产品（但奇怪的是，椰奶和杏仁奶却不受此限）。在美国，全国牛奶生产商（National Milk Producers）在21世纪初开始大力游说，以确保FDA继续把牛奶定义为“通过对一头或多头健康奶牛挤奶而获得的乳状分泌物，基本不含初乳”。[①] 几乎可以肯定的是，日后还会出现更多纷争。

无论法庭如何宣判，或者设计怎样的营销策略来争取公众的支持，有一件事是可以确定的：随着植物基代乳品的崛起和细胞农业技术的迅速成熟，似乎很快就会有各种代乳品可以满足人类在火星上的晚餐需求。简言之，我们可以期待，火星社区会拥有丰富的细胞乳制品，可以生产出黄油和冰淇淋，甚至奶酪。

这样的奶酪有可能比得上在洞穴里熟成的罗克福奶酪吗？对于这一点，丽诺尔和埃文的意见略有分歧。丽诺尔对此满怀信心，认为这是早晚的事。埃文则更保守些。虽然他预见到，这些替代品会在地球市场上占据更大的份额，并真正成为太空探索的基础技术之一，但他认为，实验室仍无法完整复制出地球人通过上万年实验才得到的味道。

但也许乐观的丽诺尔胜算更大？源自酵母菌的乳制品本质

---

① https://www.accessdata.fda.gov/scripts/cdrh/cfdocs/cfcfr/cfrsearch.cfm?fr=131.110

上是一种发酵产品，而地球上肯定有富含鲜味和风土的发酵产品，包括葡萄酒、啤酒、苏格兰威士忌之类的蒸馏产品。在“福桃”（Momofuku）和“诺玛”（Noma）之类的顶级餐厅里，发酵团队甚至会讨论微生物的风土。所以也许——只是也许，在遥远的未来，每个火星社区也会拥有独有的酵母菌和细菌，就像旧金山引以为傲的本地酵母菌种——旧金山乳杆菌（Lactobacillus sanfranciscensis）一样？① 如果人类带上自己的微生物伴侣物种，未来火星上的鲜味和风土或许真是光明而美味的。

---

① 旧金山独特的酵母面包就归功于这个本地物种。

第七章　海中鱼，天上鸟

捕捉（或打印）一条鱼

从某种角度来说，丽诺尔和肉的关系贯穿了她的整个人生。她是渔夫的女儿，小时候以为所有体面的成年人都拥有各种各样的船。大学时代，她尝试过食品工业中各种不那么光鲜的工种。随着对动物在食物体系中待遇的了解程度逐渐加深（部分要归功于她那位信源丰富的素食主义搭档），她的研究逐渐转向了植物性饮食。出于工作需要，她去过许多大型工业化农场和屠宰场，这进一步坚定了她的决心。

埃文则更中立一点。虽然他基本同意丽诺尔的看法，但他认为，在管理完善的农场系统中，动物在循环利用营养物质方面扮演着不可或缺的重要角色，饲养动物也是亿万人的生计来源（其中包括世界上的很多穷人）。以动物为食是许多文化中固有的组成部分，其中包括一些本土社群，他尊重这个事实。但他完全赞同丽诺尔的一个看法：无论从动物福利还是从可持续发展的角度来说，如今我们饲养、屠杀动物的很多方式都存在很大问题。① 因此，尽管他偶尔也会享受吃肉的乐趣，但对肉的来源相当挑剔。

有鉴于此，对于肉该在太空中扮演什么角色，我们一直存在分歧。这种矛盾在本书写作之初便已浮现。丽诺尔挑起了战端。

“埃文，我想知道，我们到底有没有必要费心思考肉的问题？先进的发酵乳制品是另一回事，但火星居民就不能直接吃素吗？”说这番话的时候，她正望着温哥华公寓的窗外，番红花开始盛放，2021年的阴霾似乎正在退去。

与此同时，安大略省的冬天又带来了一场不受欢迎的降雪。“听我一句劝，我们还是先讨论蛋白质的问题吧，”埃文瞥了一眼外面越来越深的积雪，“火星人会吃当地出产的牛排吗？还是会把地球上野捕的金枪鱼炙烧后抽真空包装，再用太空电梯送上去？我的

① 正如我们在本书其他地方所提到的，埃文的第一部重要非学术著作题为《牛肉：不为人知的故事，奶、肉和肌肉如何塑造世界》（*Beef: The Untold Story of How Milk, Meat, and Muscle Shaped the World*，William Morrow，2008）。这本书毫不讳言地赞美了牛排和冰淇淋，也探索了与畜牧业有关的严肃的可持续性议题。

意思是，人类社区不能光靠一桶桶海藻活着。”

“但畜牧业的效率低得要命，而且在伦理上也毫无价值，我们为什么要把这样的产业带去一颗新的星球？我们不仅要弄明白基地镇将以何种方式获得蛋白质，还要想清楚，该如何以最少的资源消耗来换取这些蛋白质，做出依然美味的食物。”

“很合理，”埃文说，“我一向赞成‘植物优先’的饮食方式，但如果在火星上完全吃素，我不知道还能不能把这个点子推销出去。世界上大多数人都是杂食性动物 …… 要说服未来的火星人踏上数月之久的黑暗太空穿越之旅已经够困难了，我想我们需要提供在大部分人看来勉强算得上体面的食物。”

丽诺尔顿了一下。“唔，既然我们可以在没有奶牛的情况下制作乳制品，那或许还可以更进一步。我在西雅图认识的一个家伙或许能帮上忙。我也确实有点想念三文鱼了 ……”

丽诺尔和她的搭档卡佳（Katya）常会来个西雅图一日游或周末游。作为地理学家兼不可救药的旅行爱好者，每次经过美国和加拿大之间的海关时，丽诺尔总会为两国间那条虚拟分界线的神奇力量惊叹不已。毕竟，西雅图和温哥华都经受着萨利希海（Salish Sea）的冲刷。在此地定居了千万年的萨利希人有自己的土地和疆界，对他们来说，这片海既是高速公路又是粮仓。太平洋西海岸曲折的地形不算宜居，但大海给人们带来了开阔的视野、畅通的道路和海洋的恩惠。丽诺尔的家人在西雅图卖鱼，沿着古老的商路，穿越现代化的船闸，将货物送到联合湖（Lake Union）。即使在千百年后的今天，大海仍是一条高速路。

丽诺尔和卡佳的西雅图之旅有固定的模式。他们会去乔氏超市（Trader Joe's）囤点外国食品（饼干黄油和花椰菜粉团，有同好吗？）。① 他们会逛一逛国会山（Capital Hill）的商店。丽诺尔会去派克市场（Pike Place Market）买松露盐、手磨香料（很多不喜欢香料的加拿大人根本没吃过）和鸡尾酒苦精。她还会停下脚步，看一会儿摊贩扔三文鱼。那场面值得一看。被剖好的大鱼整整齐齐地码在冰堆上，留着胡子的壮汉弯腰抓住滑溜溜的三文鱼，信心十足地往外一抛，大鱼的身体飞过巷道、柜台和其他顾客头顶，落在20英尺外另一位同样敦实的鱼贩子手里，后者再将它称重打包。这一幕总会让聚集的人群欢呼起来。

这个最奇怪的观光项目是怎么来的？简短解释一下：几十年前，鱼贩约翰·横山（John Yokoyama）发现，受市场古老的建筑结

① 有时别人会问丽诺尔怀念旧金山的什么。除了雾、桉树的气味、山上那些维多利亚时代的房子和位居榜首的金门大桥以外，乔氏超市或许排得进前十。

构所限，要把鱼从自家店铺后面送到店前的柜台，他要走一百步。他注意到，这两点之间的直线距离更短，于是把鱼从空中抛给了助手。这门技艺流传下来，吸引了如今来自世界各地的人们前来观看。

关于派克市场抛鱼传统的由来，更长的解释涉及我们要去火星所需的一些食物知识。西雅图是一座海滨城市，也是一座边城。在这里，萨利希海的核心地带，人们熟知且热爱三文鱼。作为一个标志性物种，三文鱼深受游客和当地人的喜爱。尽管如此（或者正因如此），三文鱼的种群正在萎缩——栖息地丧失、数十年过度捕捞、污染和气候变迁的共同作用正将这个物种推向濒危的边缘。有鉴于此，一群创新者正在努力拯救三文鱼，他们研发的新技术将满足人类对三文鱼的渴望，同时减少对海洋的消耗。从这里出发，我们可以一窥火星可能获取蛋白质的方式。

授人以渔，养活他们，直至资源枯竭……

海产品有种魔力。捕猎—采集的生活方式曾最大限度地主宰人类历史，时至今日，食物经济中还保留着这一传统的领域寥寥，海产品正是其中之一，采自野外的食物消费依然活跃。而且它不是什么非主流的活动；今天，在人类摄入的所有动物蛋白质中，鱼类占17%，其中约半数仍来自野捕。当然，这一局面正在发生变化，养殖渔业正在突飞猛进地发展，但无论野生还是养殖，渔业始终是个大买卖。近六千万人从事渔业和水产养殖业，两亿个工作岗位与渔获直接或间接相关，其中约半数贸易来自发展中国家。

所有这些活动都会对野生资源造成损害。全世界约三分之二的渔场已达产能上限或遭到过度捕捞。但这也不完全是坏消息。华盛顿大学（University of Washington）教授雷·希尔博恩（Ray Hilborn）近期的一项研究表明，在那些渔场被精心管理的地区，渔业资源依然稳定。[①] 在一些案例中，精心管理之下的渔场已有改观。可持续的精细管理已被推广到全球半数以上的渔场。鱼类种群尚未从水中森林中消失，但人类已开始放弃原始的掠夺性捕捞，转向精心管理复杂的生态系统。未来人类要在火星上建立的生态系统必然会比地球上的小得多，想在这样的生态系统中生存，这些都是我们需要完善的技能。

① Hilborn, R., Amoroso, R.O., Anderson, C. M., Baum, J.K., Branch, T.A., Costello, C., ... & Ye, Y. (2020). Effective fisheries management instrumental in improving fish stock status. *Proceedings of the National Academy of Sciences*, 117(4), 2218-2224. https://www.pnas.org/content/117/4/2218

三文鱼正面临一些异常艰难的挑战。游弋在西北太平洋中的商用三文鱼物种有五个：切努克鲑（chinook，又名帝王鲑，king salmon），银鲑（coho），狗鲑（chum），粉红鲑（pink salmon）和红鲑（sockeye）。其中第一种和最后一种烹饪价值最高，价格最贵，最受人追捧，但这五种都很美味。红鲑以鲜红的肉质和细腻的风味著称。至少从欧洲人抵达西海岸起，三文鱼就一直面临过度捕捞的情况。它们在码头上就能卖出高价，需求一直很旺盛。

三文鱼还面临另外一个问题。它们是溯河洄游性鱼类，这意味着这种鱼在淡水中出生，会迁徙到海洋中生活，并在四年后回到自己出生的河流产卵，然后死在那里。在通往西雅图联合湖的船闸附近，巴拉德鱼道（Ballard Fish Ladder）为三文鱼提供了一条捷径，让它们能从太平洋抄近路回到自己的淡水产卵地。看着鱼儿跃上梯子，从一座鱼池跳入另一座，是翡翠城①市民秋季最流行的观赏活动，几乎和在派克市场观看鱼贩抛掷它们没那么走运的表亲一样热门。时至今日，北美西海岸的聚落仍坐落在三文鱼主要的洄游河道上，反映出这样的历史事实：每年洄游的三文鱼曾为人类提供充足的晚餐食材，像钟表一样

① 西雅图的别称。——译注

准时。

但三文鱼的迁徙模式使得它们特别容易受到人类活动的伤害。在海洋里，它们和其他鱼类物种一样面临过度捕捞、污染和气候带来的问题，但由于三文鱼还需要回到内陆地区完成繁殖，它们还需要安静的湿地、蜿蜒的支流、不受打扰的砾石滩和水体清亮的健康河流。人类聚居地和原始河流很难并存。住宅区会破坏安静的沼泽和蜿蜒的支流，水电站的大坝会截断该地区的大河，人类已经改变了西海岸三文鱼赖以生存的栖息地。事到如今，曾经熙熙攘攘的三文鱼洄游规模往往只能达到历史高点的5%。

气候变化让情况进一步恶化，频繁的洪水和干旱让河流水量变得更加难以预测。因此，现在西海岸消费的三文鱼差不多有一半是在海中的巨型围网中养殖出来的。但养殖三文鱼也有代价，因为养殖者一般会养耐受性更强、生长速度更快的大西洋鲑，这样经济收益更高，但也意味着大西洋鲑的常见病（如海虱）现已蔓延到了西海岸的野生种群中。

很难想象，失去了标志性鱼类的北美西海岸会是什么样子。萨利希海原住民大量捕捞三文鱼，而这种鱼之所以如此重要，部分是因为它们洄游的习性。三文鱼回归母亲河的习性意味着该地区原住民社群可以在河流附近修建精巧的定居点，让数不清的鱼儿自投罗网。西北太平洋地区的人每年秋天都会把这些渔获储存起来，他们会熏制三文鱼，把鱼运到海岸山丘背后炎热的河谷里晒干，然后埋进土坑里发酵；会把三文鱼干捣碎，与油脂、浆果干混合在一起，做成干肉饼，贩售到内陆腹地。今日的饮食同样创意十足，三文鱼可以烤制，可以在案板上烹调，可以烟熏、糖渍（机场离境游客的最爱），可以夹在汉堡里，还可以做成寿司。① 炸三文鱼皮卷（BC roll）是温哥华本地名厨东条秀和（Hidekazu Tojo）发明的招牌菜，用三文鱼皮取代传统菜谱里更稀有的鳗鱼肉。三文鱼如此流行，它仍是加拿大最有价值的水产，而在边境线另一头的美国，这种水产品每年产生约12亿美元的GDP，提供了1.7万个就业机会。

“没错，但是……”埃文打断了丽诺尔的“三文鱼巷道之旅”，“这一切和我们讲火星食物的书又有什么关系？”

丽诺尔这样回答：“想继续食用这种美味的渔获，其产出就必须稳定在一个可持续的水平。但我们该到哪儿去找更多的三文鱼呢？毕竟各地的需求都在增加。”

“我想，新技术或许意味着我们在享受美味三文鱼的同时，也

---

① 奇怪的是，日本本土从来不卖三文鱼寿司。这种食物最早出现在挪威，很多主要的烹饪方法是在西北太平洋地区发展出来的，直到20世纪90年代才传回日本。

不会对它们产生影响。在新冠疫情开始之前，我刚跟贾斯汀·科尔贝克（Justin Kolbeck）和阿伊·埃尔芬拜因（Aryé Elfenbein）谈过，他们创建了一家名叫'野类'（Wildtype）的公司，借助细胞农业技术，用鱼的细胞培养三文鱼。不幸的是，突如其来的疫情害得我没机会品尝他们的产品，你看看他们的网页，看起来棒极了！"

埃文打开他们的网页，点了点头。画面上的鱼看起来美味得令人垂涎三尺，那正是生鱼片该有的样子。

"这不会是什么恶作剧吧？"他问，"我是说，它们看起来和真的一样。"

"这当然是正规产品，完全采用细胞培养技术生产出来的蛋白质和脂肪。它吃起来应该很棒。完全不含塑料微粒和汞，当然也没有鱼遭到捕杀。野类公司甚至在旧金山开了一间品尝室。"

我们很快开始畅想去旧金山品尝成品的事。

…… 但授人以打印鱼，你或许就能拯救海洋

以上所有的讨论重点在于，无论是野类公司使用的细胞培养技术，还是上一章介绍的乳制品发酵技术，细胞农业提供了一种可能性，可以极大降低人类对捕猎和野生动物种群的依赖。这些

技术可能会让派克市场的鱼贩子（还有世界各地的渔民、牧场主、牧羊人和养殖场主）大失所望，但也可能带来诸多好处，包括管理更完善的环境，以及动物福利翻天覆地式的改善。而且，这些技术真的可以为太空社区提供支持。

利用野类公司的技术制造肉类的过程说起来简单得出奇，但做起来却没有那么容易。首先，人们选择一种动物进行活检，收集少量细胞样本。然后分离出干细胞，并通过细胞分化①过程激活目标细胞，以创造组织细胞。由此得到的中间产品被放置在生物反应堆（请想象一只装满营养液的大桶）中，令其自行分裂。为加速整个过程，我们可以加入生长因子，如前面描述过的利用冰岛温室种植的高级燕麦生产的蛋白质。

最终我们得到的是一份基本由目标组织构成的混合物。虽然有了肉的基本成分，但这摊糊状物既谈不上质地、口感和风味，也不成形。所以，下一步是个技术活儿。因为肉是三维的，我们必须赋予它结构。有的公司正试图利用晶格或脚手架来引导细胞生长，来实现这一点。另一些公司直接生产出黏稠厚重的半凝固液体，然后利用3D打印机喷塑最终的形状。无论哪种方式，真正实

---

① 光是这个过程就复杂得不得了。早在19世纪70年代，华尔瑟·弗莱明（Walther Flemming）就发现了这个过程，但直到现在，我们仍未解开细胞发育之谜。

践下去都比听起来复杂得多，如何把蛋白质分子糊塑造成肉食者能接受的三文鱼鱼生替代品，这个难题阻碍了野类这样的公司的市场化脚步。不过，野类公司正紧锣密鼓地完成这方面的工作，很快就会把产品提供给消费者；等他们真正解决了这个问题，我们就会迈出一大步，这种产品完全有可能减轻地球上野生种群的压力。由此，我们也能给未来的火星人创造一个享用生鱼片的机会。

但在我们满怀信心地认为细胞农业即将替代动物之前，科学家们还必须克服其他一些困难。用于创造动物蛋白质的细胞在自然状态下只能分裂50次。所以，除非有人创造出一种永生的细胞系，或者不断从活体动物身上取得新细胞，否则细胞分裂过程就只能走这么远。

此外，当细胞在生物反应堆里生长时，用来喂养它们的营养液既昂贵又难以制造；它是氨基酸、糖、脂类和激素的混合物。首先，这里需要用到牛胚胎血清，但把牛胚胎研磨成粉肯定不是对动物最友好的方式，而且这意味着我们的产品不是素食。素的营养液目前还在研发中，人类亟须大量应用。但这些都并非无法克服的问题。比如，皆食得（Eat Just）和未来田野（Future Fields）等公司正致力于研究基于植物的量产营养液。在创作本书之时，整个产业开始扩张到一定规模，变得有趣起来。现在，生物反应堆没那么难造了，因为它们本质上就是酿造肉类的大桶。以色列的“酿造桶”能在几周内生产出相当于1500只鸡的产品。化学家和酿造师已经弄清了该如何让这些“生物铸造厂”的内部环境保持稳定。所有这些步骤基于生物科学一世纪以来的发展，其规模必然还会扩大。这种情况正在发生。“皆食得”开始在新加坡售卖含有细胞人造鸡肉的鸡块。北美的产品想必也会紧随其后。

这些创新并非一蹴而就。20世纪初，耶鲁大学的动物学家罗斯·格兰维尔·哈里森（Ross Granville Garrison）成功培育出了活的组织，此后，无需动物培养蛋白质就不再是空想。哈里森的工作也是基于更早期的进展。1885年，威廉·鲁克斯（Wilhelm Roux）让鸡的细胞在体外存活了几天，使他成为世界上第一位“细胞农夫”。

尽管这些突破出现的时间很早，但在此后的几十年中，用细胞生产蛋白质仍是件新鲜事。直到2003年3月，首次被记录在案的尝试出现在法国南特（Nantes），在名为“无实体佳肴”（Disembodied Cuisine）的展览中，澳大利亚艺术家奥隆·卡茨（Oron Catts）和伊奥纳特·祖尔（Ionat Zurr）创造了一道用人造蛙肉制成的炸肉片。但这主要是一个艺术项目。我们需要将目光投向荷兰医生威廉·范艾伦（Willem van Eelen）毕生的工作，他是该领域最重要的先驱之一。

1923年，范艾伦出生在荷兰统治下的印度尼西亚，第二次世界大战期间，他被囚禁在日本战俘营里，险些因营养不良而丧命。战俘营中的守军对人类和非人类展现出的残忍令他大为震动，也促使他对食物产生了浓厚兴趣，他认为从道义上，自己有责任去终结人类和动物所遭受的苦难。盟军解放战俘营后，范艾伦回到荷兰，开始研究心理学和医学。数十年后，到20世纪90年代，他与人合作研发出一种试管造肉工艺。虽然实验并未如他预想的那般成功，但还是申请到了好几项专利。2000年，他召集了一群荷兰研究者，募集资金开展了为期四年的密集研发（从2005年到2009年），为现代细胞农业的复兴奠定了基础。

就在此时，马斯特里赫特大学（Maastricht University）的血管生理学教授马克·波斯特（Mark Post）登场了，举世闻名的汉堡传奇由此开启。波斯特意识到，酷炫的科技本身还远远不够，投资人需要一个能让所有人兴奋起来的远景——细胞人造肉的活广告。他曾短暂考虑过“种出”一根香肠。后来，在投资人谢尔盖·布林（Sergey Brin，也是谷歌公司的联合创始人）的敦促下，他决定选择最能代表美国的食物——汉堡包。波斯特的第一个人造汉堡耗费成本25万欧元①。研发过程尤为艰辛：研发人员花了三个多月，利用从一头比利时蓝牛身上提取的干细胞培养出两万条独立的肌肉纤维，这种牛携带的变异基因促使小牛长出大量肌肉，几乎只能通过剖腹产手术分娩。从比利时蓝牛身上提取的细胞被放到小牛血清营养液中培养，每次提取一个。最后，这些细胞被压在一起，制造出汉堡。这样生产出来的肉是精瘦肉，颜色苍白。波斯特在其中加入了藏红花和甜菜汁液，好让最终的成品看起来更上镜些。

2013年8月5日，波斯特团队将世界首个人造肉汉堡带到了伦敦的电视演播室，等待公之于众的时刻。在媒体面前，康沃尔郡波尔佩罗渔村“库奇的大房子”餐厅（Couch's Great House Restaurant）的理查德·麦克乔恩（Richard McGeown）担任主厨。他把这块汉堡肉饼放入少量葵花籽油和黄油中煎熟，不加修饰地将成品装盘，请未来食品工作室（Future Food Studio）的汉尼·鲁泽勒（Hanni Rützler）品尝。鲁泽勒评价说，肉饼有点干，但和真正的肉没什么区别。接下来的评委是作家乔希·斯瓦德（Josh Schonwald），他对肉饼的口感和质地印象深刻，认为细胞培养肉

① 实际上造出来的汉堡有两个，其中一个是为黄金时段准备的，另一个备用。备用的那个被塑化保存起来，目前在莱顿的布尔哈夫博物馆展出。

和典型的快餐汉堡差不多，只是没有脂肪。在之后的节目中，波斯特细嚼慢咽地品尝了自己实验室的样品。

作秀自有其价值。当灯光熄灭，盘子清空，全世界的注意力都被细胞人造肉吸引住了。后来，马克·波斯特又创建了“摩萨肉业”（Mosa Meat）公司，到2020年，他宣称现在要造出同样的汉堡肉饼只需花费约10欧元。目前，摩萨肉业正致力于完善细胞动物脂肪的生产（好跟肌肉细胞混在一起）和植物基生长血清的制作工艺。波斯特坦承，他的目标是确保未来这颗星球上的奶牛数量大幅减少。他提出，全世界饲养的奶牛要从现在的15亿头减少到约3万头。

“等等，你是想说，如果细胞农业成了火星上的标准流程，那么我们或许会看到地球上的畜牧业大规模萎缩？”埃文看起来有些担心，仿佛他的牛排很快会消失在历史的迷雾中，“我是说，我知道这个产业需要改变，我们所有人必须减少肉类的摄入，但需要减少到这种程度吗？别忘了，我的第一本书是《牛肉：不为人知的故事，奶、肉和肌肉如何塑造世界》，我很清楚牛肉在全人类心目中的地位。”

“希望如此，”丽诺尔回答得很快，“畜牧业占用了大量土地、能源和水资源。我知道，你觉得在某些情况下，动物的饲养方式可以满足环境或伦理方面的标准，但总体来说，目前这个世界生产动物的方式太疯狂了。如果我要在火星上吃鱼，我希望它是在实验室中培育，由3D打印机打印出来的。”

如果丽诺尔梦想着在火星的某座环形山上享用厨师发办的高级料理，目前有几家公司正努力帮她圆梦。例如“无鳍食品”（Finless Foods）正致力于复制蓝鳍金枪鱼；“蓝色美人鱼”（BlueNalu）计划提供各种海产品；“快乐肉业”（Shiok Meats）是生产人造虾、蟹和龙虾的先驱；当然还有“野类”公司。“无鳍食品”甚至把细胞送上了国际空间站，在那里完成培养，然后用3D打印机将之塑成球状。火星海洋或许藏在实验室里。在火星上，我们预言当地的寿司吧里会把细胞培养的鱼、少量本地大米和由生产藻类的大型生物反应堆制作的海带一起装盘。

但说到底，鱼并非这个世界最流行的蛋白质。这份荣光属于平平无奇的鸡。

大吉大利，今晚吃鸡

作为丽诺尔最喜欢的生物之一，不起眼的鸡是最早的家养动物，大约八千年前，东南亚的野生原鸡被驯化成了家禽。① 在20世纪初以前，人们在院子里养这种禽类主要是为了下蛋，但时至今日，鸡肉已在动物蛋白质中占据首要位置。在任一给定时间内，这颗星球上都有230亿只鸡在某个地方啄来啄去，它们的命运是满足我们对廉价蛋白质无尽的渴望。

我们欠这些禽类一个郑重的道歉。几乎没有哪个物种在圈养中遭受过这样多的苦难，而且随着需求的增长，这样的苦难每年都在加深。按照地理学家卡利斯·班尼特（Carys Bennett）② 及其团队的说法，现代肉鸡体现了人类对生物圈的重大影响。长时间以来，鸡在食物体系里一直身负重任：先是埃及人学会了如何孵小鸡，好让母鸡腾出空来下更多的蛋，此后，鸡肉就成了主流的烹饪附料。饲养者用秸秆生起小火，小心地调整温度，给鸡蛋保暖。事实上，现代的孵蛋方式与此也没有太大区别。

在烹饪方面，罗马人开发了许多与鸡有关的食谱，在如今的餐桌上似乎也完全可以接受；煎蛋卷和烤填鸡都是他们的杰作。在罗马人的照料下，鸡的体形变大了（或许有育种和饲养两方面的原

① 现实并没有那么简单。几千年来，还有其他几种野鸟被驯化成了家鸡。但原鸡（*Gallus gallus*）和家鸡的亲缘关系的确很近。

② 她的文章《肉鸡作为人类重置生物圈的标志》请见：https://royalsocietypublishing.org/doi/10.1098/rsos.180325。

因），而随着罗马帝国的崩溃，鸡主宰餐桌的第一个时代也随之落幕。直到家鸡（*Gallus gallus domesticus*）传至美洲，才开启了下一个鸡肉主宰食谱的时代。从长岛的菜园开始，这种禽类成了历史上机械化程度最高、最高效，很多时候也是最残酷的工业化动物之一。

鸡的数量一路飞涨。2016年，鸡的存栏量使其成为地球上数量最多的禽类。相比之下，鸽子的数量只有25亿只。在欧洲，鸡的数量超过所有野生禽类的总和。而今，活鸡的数量很可能超过了这颗星球上有史以来其他所有禽类的总和。现代鸡是极度高效的动物。两公斤饲料就能饲养一公斤的活鸡，料肉比自二战结束以来已经下降了一半。而且它们长得很快：一只小鸡只需六周就能长成全尺寸的肉鸡，可以拔毛下锅——选择性育种让肉鸡成为当今主宰超市的“超级物种”，在此之前，鸡的生长时间是这个周期的两倍。

高效背后的代价令人不安。与二战期间的平均数值相比，如今家鸡的大小是那时的两倍，重量是当时的五倍。其骨骼结构和原来也完全不同。肉鸡离开人类的帮助就无法存活，它们失去了觅食的能力。如果允许它们活过六周，肉鸡庞大的体形会极大地缩短其寿命，因为它们的心肺承受着巨大的压力，肌肉也不堪重负。美国农业部“明日之鸡”计划等力促的现代肉鸡养殖业，选育出了短命的庞然大物。以尽可能少的饲料得到尽可能多的肉，这里涉及数不清的动物福利问题。

对于这一点，埃文表示赞同。“养鸡业的确问题严重。动物福利，健康，环境。就算能把鸡带去火星，我们或许也不该这样做。”

丽诺尔点点头。“没错，最奇怪的是，普通消费者只想吃白肉，他们不希望鸡肉尝起来有鸡味儿，或者看起来像鸡。难怪细胞农业公司如此热衷于鸡肉产品。”

为讨论方便，暂且假设我们还是要把鸡带去火星。不妨想象，我们会好好对待它们，让它们在农业穹顶下游荡，寻找由草和昆虫搭配而成的、精心安排的食物。毕竟，鸡是不错的宠物。我们可以捡鸡蛋，享用一两个太空煎蛋卷。这些禽类能完成这趟旅程吗？它们似乎不太喜欢太空。1990年3月22日，飞行工程师根纳迪·斯特列卡洛夫（Genandy Strekalov）执行的联盟号TM-10任务将四只成年鹌鹑送上了“和平号”空间站。其中一只雌鸟在飞行途中产下一颗蛋。除此以外，一起送上太空的还有32枚来自地球的受精卵。当这些卵开始孵化，那只健康的小鹌鹑成了第一只出生在地球大气层外的脊椎动物。

但除了赢在起跑线上，这些小鹌鹑发现，零重力环境真的很难应对。它们无法栖息在某个地方进食，宇航员只能用手喂饲。宇航员给这些小鸟设计了巧妙的小背带，成功建造了一座“高空鹌鹑农场”。小鹌鹑们经历了数不清的困难，包括肌肉损失和激素紊乱，但仍有一只雌鸟活着回到了地球，在复原后回归了地球鸟群。这样看，鸡应该可以登陆火星，虽然有难度，但对它们来说，那里的重力可能够强。

为火星人研发完美的鸡肉替代品，可以极大地降低地球和火星对这种大受欢迎的蛋白质的需求。自1960年以来，美国的鸡肉消费量增长到了原来的3倍，光是在21世纪的最初十年间，全球的鸡肉消费量就增加了30%。部分要归功于成功的市场营销；鸡肉被视为红肉的健康替代品。虽然每千克可食用鸡肉消耗的能量、水资源和饲料远低于牛肉和猪肉，但其效率还远低于冷血三文鱼。而且1磅鸡肉产生的温室气体排放量比等量的谷物或豆类高10倍。

对主打植物概念的“皆食得”公司来说，鸡蛋更重要。2011年，乔希·鲍克（Josh Balk）和乔希·蒂特里克（Josh Tetrick）在洛杉矶创立该公司，当时名为“汉普顿溪”（Hampton Creek）。但此后，“皆食得”积极进行了很多工作，应该都很适合维多利亚时代搜寻植物的探险家：他们测试了无数种植物蛋白，一丝不苟地记录结果，探究它们与鸡和鸡蛋的相似之处。他们把每种植物录入到自己的数据库“果园”（Orchard）中。2013年，公司向市场推出了人造蛋黄酱产品“就是蛋黄酱”（Just Mayo），激起了一轮扩张和募资。

2014年，联合利华将“皆食得”告上法庭，指控他们试图将并未使用鸡蛋的产品当成蛋黄酱来营销。解决了这次诉讼后，“皆食得”与FDA达成了重要妥协：他们可以称自己的产品“就是蛋黄酱”，但必须在标签上注明配料里不含蛋。这使“皆食得”一举跻身特殊的传奇公司之列——独角兽公司，事业获利丰厚，早期投资者都赚得盆满钵满。在证实了不用鸡也能生产出鸡蛋蛋白质之后，“皆食得”开始研究鸡肉本身。

2017年，“皆食得”宣布，他们将采用细胞农业技术培育鸡肉块。最终产品含有70%的合成（细胞）肉，剩下的植物基原料赋予其适宜的结构和质地。这款产品注定会像鹌鹑宇航员一样被载入史册。截至2019年底，每份鸡肉块的成本已从不可企及的天价降到了50美元，之后还在继续暴跌。2020年12月，新加坡政府批准了“皆食得”鸡肉公开销售，1880餐厅成为地球上第一个能在菜单上找到合成肉的地方。这条轨道的下一步应该不是火星上的美食广场，但现在的技术足以让未来的宇航员在享受产自火星本地的鸡肉堡的同时，消除在红色星球上饲养禽类可能引发的麻烦和动物福利问题。

植物悖论

不过，听了这么多高科技玩意儿，埃文可能已经开始找不到重点了。他给丽诺尔打了个电话。

“听着，我又想了想。也许发酵和基于细胞的生产可以替代火星和地球的畜牧业，但归根结底，植物自身完全可以生产健康的蛋白质。也许你最开始说得对，未来的火星人可以只吃素食？”

丽诺尔笑了。“当然，当然 …… 所以，现在你回过神来了？ 嗯，确实有这个可能，但我觉得你最开始说得对。一点合成肉能为基地镇的公共食堂和餐饮店提供他们急需的多样性。”

我们“占卜”得到的结论是：某种肉类或代肉产品将一直在地球和火星饮食中扮演重要角色，原因至少有二：一是出于实用，二是来自文化方面。从文化的角度来说，我们大多数人都与食物有着深刻的私人关系。我们在意自己珍视的食物，常常用“正宗”“传统”“天然”之类的词来形容它们，这些以含义模糊著称的词语反映了某种东西有多贴近我们心目中它应有的样子。肉深深融入了很多文化之中，矛盾的是，这部分是因为，过去人们吃肉的频率要低得多。由于肉类难以获取，昂贵而稀有，所以它总是与生命中最重要的几顿饭联系在一起：宴会、节日、婚礼，以及其他隆重的庆典。只要想想“肉”和“素”这两个形容词，就能体会到肉在我们这个社会中的地位。①

当然，其他食物也与地域息息相关。正如我们前面讨论过的，奶酪承载着深厚的文化意蕴，其中包括产奶的反刍动物品种，独特的饲料构成，天气，历史，以及一个个具体的奶酪制作人。肉也一样。哪怕在千禧年后，很多人开始拥抱弹性素食，他们依然忠诚于那些承载着美好记忆、身份认同和归属感元素的产品。这种效应被称为“肠胃民族主义”（gastronationalism），对食物的依恋可以超过实用方面的顾虑，包括动物福利、社会正义和环境影响，由此产生的保护主义行为甚至可以战胜经济上的考虑。法国人对鹅肝酱的热爱就是个例子，他们拒绝所有改良生产鹅肝酱的尝试，哪怕这种产品已在全球多个地区遭到禁止。

因此，如果细胞农业想获得成功，很可能需要努力避免挑战

① 埃文和记者安德鲁·瑞默斯（Andrew Rimas）合著的第一本书《牛肉》非常详细地讨论了这些问题。

消费者以肉为核心的深层文化价值观。毕竟，肉到底来自活的动物还是动物细胞并不重要，人们吃肉不是为了这个，而是因为它与一些感性的体验息息相关，食物会唤醒记忆。他们也会因为习惯而吃肉，这个话题本身就足以写成一本书。因此，如果有高质量的人造动物产品推向市场（所有证据都表明，业界正以惊人的速度朝这个目标大步前进），那么消费者或许更容易接受生态和道德方面对肉类和乳制品的批评。早期证据表明，随着植物基饮食的迅速普及，根深蒂固的消费习惯正在发生改变。

我们之所以预测人造动物产品注定会成为主流，更实际的考量来自经济和市场方面。肉类的植物基替代品备受媒体关注，这些产品越来越美味，也越来越便宜。虽然以植物基食物来模仿动物并非新鲜事，但下一代产品似乎正在突破一道新槛，就像人工智能那样：肉类替代品逼真得能通过图灵测试，你很难说它与真正的肉有什么区别。

丽诺尔正待在自家厨房里，沉迷于新冠疫情期间特有的仪式：准备过量的食物。她正忙着搅打“不可能食品”（Impossible Food）公司出品的代肉糜，用祖母的秘方做一堆“不可能的肉丸”，真令人啼笑皆非。

丽诺尔还记得与这个产品的第一次邂逅。当时她正在波士顿参加一个关于食品技术的会议，中途做了个“支线任务”——终于有机会品尝“不可能食品”生产的代牛肉糜了。那时，在加拿大还不可能找到“不可能食品”，但在波士顿，四叶草餐厅供应的皮塔饼三明治里填满了泡在红色酱汁里的不可能肉丸。丽诺尔鼓起勇气，冒着酷暑挤进波士顿地铁，只为与最新的食品技术“第一次亲密接触”。在那一刻，丽诺尔做好了充分的心理准备，迎接自己与植物基肉类的第一次邂逅。植物肉通过了烹饪图灵测试，尽管天气很热，她还是又点了一份，在回程的地铁上偷偷吃掉了。

“不可能食品”的故事开始于2009年。斯坦福的生物化学家帕特里克·布朗（Patrick Brown）将关注点转向集约化畜牧业。布朗坚信，要减少肉类带来的影响，解决方案在于以合理的价格提供美味的替代品。于是他弃教从商，创立了“不可能食品”公司。2016年，公司发布了第一款“不可能汉堡”。2019年，“不可能汉堡”的2.0版本出现在午餐柜台，这一版本减少了钠和饱和脂肪含量，保留了初始版本的环保效益。虽然“不可能食品”的产品算不上平价，但其价格也一直在下降。

“不可能食品”之所以能骗过丽诺尔这样的美食爱好者，靠的是一种其实不算秘密的成分：代血红素。血红素能让肉类呈鲜红色，但它也同样存在于植物中。“不可能食品”采用了来自大豆的血红素，而上一章中我们讨论到，越来越多的公司正在发酵过程中自行生产自己的血红素。2018年7月，美国FDA批准在餐厅中使用代血红素。2019年秋天，代血红素又获得了家庭使用许可，这为美味的素肉丸三明治铺平了道路。和“皆食得”一样，“不可能食品”公司建立了一座植物蛋白质和脂肪资料库，也在不断改良自己的产品。

为进入纽约的“福桃·西”（Momofuku Nishi）餐厅，“不可能食品”走过了一条漫漫长路。现在，该公司的产品已在多个国家广泛销售，吸引了超过13亿美元的资本。

埃文一直没有机会尝试“不可能汉堡”，直到有一天，他从杂货店里出来，开车经过一家“汉堡王”时看到了“不可能皇堡”的广告。他拐进汽车取餐通道，下了一单，感觉自己有点儿像一个正在买安全套或酒的少年。毕竟，他是一位研究食物可持续性的教授，而圭尔夫可算不上什么大城市。万一有学生看见他在这儿买汉堡呢？埃文把车停在“汉堡王”的停车场里，打开油腻腻的包装袋，往嘴里塞了几个洋葱圈。他咬了一口汉堡，又吃了个洋葱圈清理味蕾，然后抽出一小点肉饼，咬了一口，闭上眼专心体味。他掏出手机，给丽诺尔发了条信息：

“我尝到了未来，它的味道…… 和过去一模一样。”

帕特里克·布朗依然认为，到2035年，畜牧业可以彻底被淘汰，让该产业占据的土地重归旷野。“不可能食品”能征服火星上被穹顶笼罩的环形山聚居地吗？也许吧。但在地球上，未来它真的有可能替代肉类，而且这一天可能来得比我们想象的更快：替代蛋白质每年的产值已超过20亿美元，风险投资者的支持，消费者的需求，以及基因组学、分子生物学和食品科学的进步促使着该产业产值的持续增长。市场还远未见顶，而今，动物蛋白市场的预估产值为1.7万亿美元，而且这个数值还在增长。到2035年，替代蛋白质在整个市场中的占比可能达到11%，之后还会迅速增长。①2020年，超过15亿美元的投资涌入这些初创公司，超过50家细胞农业公司正活跃于全球生产人造牛肉（摩萨肉业，Aelph Eatery，Upside Foods）、鸡肉（皆食得，SuperMeat）、海产品（野类，无鳍食品，蓝色美人鱼，快乐肉业）、皮革（Modern Meadow）、明胶（Geltor）、乳制品（完美日，TurtleTree）和蛋（The EVERY Company，皆食得）。但除了少数企业之外，该产业仍集中在几个重点地区，包括加州的湾区、新加坡、以色列和荷兰的金三角区

---

① https://www.bcg.com/en-us/publications/2021/the-benefits-of-plant-based-meats 这篇文章总结了几种转换的场景。

域。替代蛋白质要真正在全球成为主流，尚需时日。

动物替代品的未来

埃文和丽诺尔回顾了他们对火星蛋白质的探索。埃文率先说道：“所以，也许火星餐桌上的食物来自植物基技术、发酵和细胞农业，有时甚至会在同一口食物中出现？”

丽诺尔点点头。“我想是的。我们和肉的关系一直在变。正如我们已经讨论过的，一些动物在历史上曾有很重要的用途，比如马，但现在，它几乎已经从我们的日常生活中消失了。仅仅因为以前人人都骑马，并不意味着我们就要带马去火星。火星人当然也不必担心鲸脂短缺，哪怕捕鲸业的中心——马萨诸塞州新贝德福德曾被称为‘照亮世界的城市’。所以，尽管现在的人类吃了很多牛肉、猪肉和鸡肉，但这并不意味着未来我们也会吃很多。而且我认为，我们肯定不会把这些生物带到另一颗行星上去。尽管在今天看来，抛弃畜牧业的想法十分极端，具有破坏性，但我个人认为，从历史更宏观的维度上看，完全有这个可能。”

“我明白你的重点了，”埃文说，“我的确不认为火星上会有很多动物，甚至可能一只都没有，而且在地球上，畜牧业的时代也很可能会落幕。但话虽如此，马和帆船也并没有从地球上彻底消失，只是现在主要属于富人的消遣，不再是日常生活的常规组成部分。”

埃文看到丽诺尔咧嘴笑了起来。

“怎么？”他问道，感觉她马上就会说出什么金句，“说服了我，你是不是觉得很得意？”

“没错，但我刚刚想到，我们的讨论里还有一个元素……我感觉，还有一种生物在火星上恐怕也不会很多。如果能把它换掉，同样会对地球产生巨大影响。”

埃文耸耸肩。“好吧，你把我给难住了……斑马？浣熊？我投降。”

“火星上不会有，也不能有——大量的人类农民。”

PART 4

红色黎明

第八章　老麦克唐纳有座智慧农场

农民5.0

劳动力通常是个经济问题。如果人少，或者这些人的时间需要拿来做其他很多事情，那么投资自动化就有很高的回报。这对制造业和农业同样有效。现如今，机器已经取代了过去由人力完成的许多工作。一百年来，仅剩的农场开始投资购买越来越大的拖拉机，世界各地的农村孩子都觉得城市里有更好的选择，农场和农民的数量一直在稳步下降。很难想象火星会有什么不同。

埃文应该知道。他的祖父就在安大略省尼亚加拉瀑布 (Niagara Falls) 附近种植果蔬。丽诺尔和埃文刚认识不久的时候，一天傍晚，埃文同她讲起自己是如何成为研究食物体系的教授的。

“我记得那是一个下午，似乎是在1992年前后。7月的安大略又湿又闷，我在一片草莓地里干了一整天除草的活儿，手上和膝盖上全是汗。

“我觉得很难受，虽然那时我才19岁，我的背也很痛。无论何时，只要一闭上眼，我看到的就全是草莓苗。就这样，当我的继祖母回到农场的时候，我正无精打采地从地里出来，打算去洗洗。我的继祖母有点儿神奇。从某些方面来说，她是他们那代人的典型代表——她是学校董事，会参加烘焙义卖，诸如此类，但她也经营着一家非常成功的投资公司，很多有钱的客户相信她在股票方面的建议。

“总之，就在那一天，我从地里回来的时候，她那辆深紫色的林肯城市轿车轻盈地驶入门前的车道，她从车上下来。直到今天，我仍能感觉到那股从车里吹出的空调凉风。她那天过得相当不错，敲定了一桩大买卖，我们聊天的时候，我在心里快速估算了一下。她只是把资金从某个投资项目转移到另一个项目，但她一下午赚的佣金比我没日没夜地干一个夏天为人们生产食物赚得还多。

“我想，就在那一分钟，我下定决心，不要继承家里的农场。我爱那份产业，也喜欢在户外干活，但在需要做决定时，在我的祖父母提出把农场传给我的时候，我和妻子商量了一下，选择了研究生院。说实话，和在家族农场里种蔬果相比，谈论食物、写关于食物的文章更简单，收入也更高。”

丽诺尔深以为然。她也有一个差不多的故事，不过是关于大比目鱼和家里的渔船的。生产食物，处理食物，烹饪食物：这些辛苦的工作报酬通常都不高。

我们的故事并不独特。过去三代以来，数以亿计的人得出了相同的结论。随着制造业、服务业以及其他与初级生产（如农业、林业和矿业）无关的工作越来越多，非农经济一直在扩张，人们不愿再生产食品、伐木或运水，而是选择把时间花在别的事情上。事实上，目前国际化发展的重点之一就是帮助小规模耕作的农民发展节省劳动力的技术，提升效率，使农民有精力去做其他更有利可图（或者更让人愉快）的事情，减轻务农的辛苦。①

火星不太可能不一样。事实上，按照我们的预想，火星上的劳动力会和红色星球上的其他事物一样：非常稀缺。要把第一个会呼吸的活人送上火星，估价为50亿美元，就连埃隆·马斯克为大型社区制订的乐观计划都把火星船票的成本定在50万美元。因此，

---

① 埃文的上一本书《不确定的收获》（*Uncertain Harves*）就有一章讲到这些。

火星劳动力会有很高的溢价，早期拓荒者会忙于修建生物穹顶、搞科研，琢磨该如何把我们的第二近邻改造成地球，根本没那么多时间去摘生菜。

农业劳动力短缺并非什么新鲜事。几百年来，农业技术的重点一直是用更少的劳动力生产更多食物。现如今也没什么两样。农业劳动力短缺在工业化世界长期存在，在美国、欧盟、日本、加拿大等地，本土劳动力可以找到更好的工作，而大部分农活辛苦又无聊，耗时还很长。丽诺尔曾探究过日本的室内蔬菜栽培业，她震惊地发现，大部分劳动是由八十岁以上的兼职人员完成的。要是没有这些爷爷奶奶，整个行业就会慢慢停摆。

由于农民如此短缺，引进季节性移民劳工就成了一种屡试不爽的策略。每年夏天都有约6万人从拉丁美洲和加勒比海地区来到加拿大，给苹果园修剪枝条，种植芦笋，采摘草莓。但正如我们所有人在2020年和2021年的新冠疫情隔离期间所发现的，要维持食物体系的正常运转，引进劳工的方式不一定可靠。而对工人来说，这可能是一种剥削。这些短期移民往往会发现，他们的精力被滥用，权益却得不到保障。我们把劳工引入本国的田野，或者把庄稼种到劳动力成本更低的其他地区，这种国际套利的抗干扰能力很差。就算一切正常运转，运送劳工和货物也有气候成本。

我们可以换个角度来看待这种情况，用经济学家的术语来说：机会成本。人脑是目前已知解决问题最强大的设备，人工智能没有这样的创造力和独创性。让大量的人从事重复性的手工劳动是对这种能力的浪费。全球南部小规模耕作的农民（多为女性）的情况尤其如此。好比用一台巨大的超级计算机做基础算术，完全浪费了人类的潜能。在火星上，每个人都代表着数百万美元的投资，我们不会把人类劳动力浪费在无须动脑的任务上。在地球上，我们也应该用火星人的方式思考，接受替代方案，不靠人力来除草、脱粒、扬谷。这样的未来似乎已经到来。2019年秋，加拿大户外农业展上的亮点之一是一家公司推出的农场无人化先锋——“多特”（Dot），之所以如此命名，是因为发明者的母亲叫多萝西（Dorothy）。看着这台名叫“多特”的拖拉机在田间自行移动，感觉有点像终结者，有点像威利·旺卡①，还有点《红色小母鸡》②的味道。人们都说，这将开启一个农业新时代，一个解放双手、环境友好、自动化、无人化、机器人替代一切人工的时代。看着这些机器

① Willy Wonka，电影《查理与巧克力工厂》的主角之一，造型类似复古摇滚明星。——译注

② *Little Red Hen*，美国传统儿童绘本故事。——译注

工作，我们两人意识到，未来的火星农民看起来可能更像火星车"勇气号"和"机遇号"，而非任何版本的老麦克唐纳①。

拖拉机"多特"展现出无人驾驶技术的前景。看着它们的舞步，观者或许可以一窥百年前那些富有开拓精神的农民驾着四轮马车，去欣赏早期蒸汽动力农机时的风采。当年的铁匠、兽医和养马人有没有意识到，技术风向已经改变，他们的行业注定会式微？如今，历史是否会重演？

那天下午，在安大略展出的技术既有未来主义色彩，又充满怀旧气息。机器人优雅敏捷地相向而行，在液压装置的嗡嗡声和清脆的铰接声中，它们成功结对，下到地里，按照既定的路线前进。路线是通过土壤分析、遥感技术和其他形式的数据预先确定的，这些技术令人印象深刻。如果有机器被卡住，或者碰到意料之外的障碍，这些巨大的机器人会直接停下来，通过移动设备发送一条信息，操作者便会跳进小卡车开到地里，检查问题出在哪里。

"多特"拖拉机的一条推广视频指出，新一代农业机器人能将农民从整天枯坐在拖拉机驾驶室里的乏味生活中解放出来。另一

① 《老麦克唐纳有座农场》（*Old MacDonald Has a Farm*）是美国家喻户晓的儿歌，在中文世界里常被译作"王老先生有块地"。——译注

条视频则宣称，这项技术的好处之一是可以让机器人从事任何无聊、重复甚至危险的工作。有了这样的自由，农民或许可以做我们大多数人在闲暇时所做的事——如果他们不用再开着拖拉机在广阔的田野里来来回回转上好几个小时的话。毫无疑问，无论在火星社区还是在地球上，未来农场里的机器人肯定比人多。农民负责做那些只有人类才能做的事，其他的一切都交给机器。

多点食物，少点污染

在这场蓄势待发的数字农业革命中，有所收获的不仅仅是农民，还有环境。因为发生改变的不只是拖拉机，还有它所代表的技术创新所构成的一整套复杂生态系统，包括人工智能、机器人、互联网、卫星和无人机。有了这些技术，农民可以更精确地种植、施肥、使用杀虫剂，而更精确意味着浪费更少，收益更高，污染更少。

20世纪八九十年代，埃文在爷爷的农场里干活的时候①，花了很多时间站在家里那台红色麦赛福格森牌老拖拉机的车斗里，爷

① 如果有读者已经听过这个故事，我们在此致歉——埃文的确反复讲过太多次。

爷载着他慢悠悠地穿过种着甜玉米、香瓜或草莓的田野。埃文的工作之一是将一把把肥料颗粒从拖拉机车斗里撒到庄稼上面。当他拿到环境研究的博士学位，再回首往事时，现在的他相当肯定，当年至少有一半肥料没有在正确的时间撒到正确的地方，庄稼根本用不上。这些宝贵的营养最终成了污染——要么以温室气体的形式进入大气，要么被冲进下游的伊利湖，滋养周期性爆发的“水藻”（其实是蓝藻菌），破坏湖里的生态。

时至今日，埃文仍然为自己在祖父的田地里施肥时的大肆浪费而感到内疚，但这样的故事并不鲜见。全世界都在发生这样的事情：肥料被过度使用，造成污染。这也是如今农业会成为全世界最大的水污染来源，并在人类排放的所有温室气体中占比约三分之一①的原因之一。我们需要做得更好，方法之一就是可持续的集约化。换句话说，我们必须设法确保在食物产出最大化的同时尽可能将损害降至最低。在太平洋沿岸菲沙河谷（Fraser Valley）的小型农场里，丽诺尔见过同样的场景，逐渐累积的流失肥料威胁着深受人们喜爱的三文鱼洄游。只要有人耕作的地方就有这样的污染。

---

① Gilbert, N. One-third of our greenhouse gas emissions come from agriculture. Nature (2012). https://doi.org/10.1038/nature.2012.11708

在火星上，可持续的集约化逻辑无可厚非。由于那里没有可供利用的表层土和水，火星种植者将不得不精打细算，充分利用一切可能的资源。但我们很难在地球上达到同样的效率，因为可持续的集约化没有简单的公式可以套用。美国中西部种植玉米或大豆的农场主采用的可持续集约化方式肯定与亚洲农村小规模种植稻米的农民不同。智慧农场和“多特”拖拉机最广阔的舞台，是北美的大型谷物农场。十几岁的孙子只会将氮肥从拖拉机车斗里一把把随机抛撒，“多特”智能拖拉机却不一样，它“知道”自己在地里的位置，还会运用这些知识把正确的种子种在正确的地方，施以正确数量的肥料。因此，智能拖拉机可以在食物产出最大化的同时减少能源耗用，降低成本和污染。

丽诺尔还记得另外一些同样令人头疼的问题：每当一艘“纽曼号”从加拿大西海岸出港，就会有好几个小时磨人的苦活儿要干。要仔细检查好几英里长的缆线，坏掉的钩子也要换。这需要慢工出细活，因为这个，她的家人都有慢性劳损。鱼饵必须切成方块，成百上千个手工制作的木头和金属零件必须保养维护。多年来，这些工作已经部分实现自动化。有时候，累得要命的渔民会自行琢磨出一项技术，然后把它商业化。渔业前进的每一步都是通过重复性劳动的自动化和设备的标准化来节省成本。①

埃文给丽诺尔打电话，让她了解这项研究的最新进展。

“要真正掀起一场自动化浪潮，促进最早的火星社区繁荣发展，在不久的将来，农业机器人会使用一系列新技术。首先是机器人学和人工智能方面的，还有类似无人驾驶用的那种传感器。此外，这些拖拉机还配备了农民所说的多用途技术，可以在农场里的不同地方做不同工作。”

丽诺尔插了进来：“所以，以前农民开着拖拉机在地里转悠的时候，车斗里只能装一种药剂喷雾或一种种子，而智能农业设备将配备一套不同的喷雾罐（或者种子加料斗），所以它能在不同的位置播撒不同的种子，你是这个意思吗？”

“正是这样，”埃文说，“而这一切之所以能实现，是因为智能拖拉机‘看’耕地的方式和农民不一样。”

典型的工业化农民看耕地时，会将其视为以统一方式播种、耕耘、施肥的大片空间。例如，玉米地的播种、收割是单元化的，

① 悲伤的是，要给 52 英尺长的亚纳号（Jaana）刷漆，目前还没人想出什么轻松的办法，这活儿每年都要让家里的好几个人累死累活地干上几天。丽诺尔热爱大海，但她很高兴自己现在的工作远离了海水的腐蚀。

你很少能看到商业化的农民在同一块地里做不同的事。对20世纪末的农民来说，大规模统一化是他们的朋友。但以“多特”拖拉机为代表的智慧农场机器人将耕地“看作”不同的管理单元。例如，高产量管理单元是指一块地里土壤比较肥沃的位置，可以预见，那里的庄稼会长得更壮。其他区域会被鉴定为潜力较弱的位置，需要更换不同品种的种子或更优质的肥料来优化产出。在机器人学、传感器和多用途技术的共同作用下，人工智能算法可以为不同地块制定相应的耕种策略，尺度精确到米。简言之，机器人能做一些人类做不到的事：为一块地的每个部分量身定制最优的耕作方案，在正确的位置播撒正确的种子，施正确数量的肥料。①

要做到这一点，智慧农场的智能拖拉机需要数据。海量数据。智能收割机需要长期搜集数据，慢慢描绘出一幅详细的耕地地图，标明哪些位置产量更高，哪些位置更低。农民或许还能利用飞过

---

① 如果你在2020年的隔离期间曾在自家后院的花园里干过活儿，那你肯定见过这种现象。隔离期间，丽诺尔和她父亲花时间种了一大片菜地，生产各种美味的本地菜蔬，从大黄到冬甜菜。但在种植时，他们注意到，有一块面积约1平方米的土地什么都不长。种在这块地里的种子不会发芽，移植过去的幼苗也种不活。每块耕地里都有这样的地方，要尽可能挖掘一座农场的潜力，机器人或许正是关键所在。对菜园里的这块“百慕大三角”，丽诺尔父亲的解决方案是在那里放一把户外椅，不过大型商业化农场可没法借鉴这种做法。

田野上空的无人机来搜集数据，监控害虫暴发或干旱的迹象。利用遥感技术和卫星数据绘制的详细地图上有每块地的尺寸和形状，与此同时，详细的地面扫描将揭示地势的高低、排水困难的区域，以及地里冲出来的水沟、树木或其他障碍物。所有这些数据都可与市场信息相联系，包括农产品的预期价格和消耗成本（如燃料和肥料的价格）。

智慧农场搭载的分析功能由海量的云端算力支持，这将帮助智能拖拉机确认该种什么种子，施多少肥，什么时候收割，最大化产出的同时尽可能减少浪费。

在火星上，搜集这些数据会很容易，因为所有耕作活动都在室内完成。无人机越来越小，越来越灵活，要在火星穹顶里飞行测绘，这样的革新很有必要。在地球上，让农民使用这些技术难度比较大，但殖民火星的努力将促进这方面的发展。目前，埃隆·马斯克的太空探索技术公司（SpaceX）正在地球周围编织一张由4000颗低轨道卫星组成的网络，名为“星链”（Starlink），将为地球上的所有区域提供互联网，包括很多现在还没有可靠网络服务的偏远地区的农民。已有近1000颗星链卫星成功入轨，在丽诺尔莱园上方的夜空中掠过时清晰可见。事实上，太空探索技术公司计划在火星周围架设一张类似的卫星网络，这意味着第一代火星农民不必为联网的问题操心。这一切又让我们绕回探索这项技术的初心——若能妥善运用，这场数字农业革命提供的工具能让人类在生产、处理、分配每日口粮时更高效地利用资源。这些农业机器人给了农民——尤其是主要耕种区的大农场主更精确的新工具。数据驱动的智慧农场正在开启一个农业新纪元，对环境和生产者都有助益。

或者至少我们希望如此。但在这一天到来之前，仍有几个尚待厘清的问题。

这套系统就是这么蠢

几年前，埃文有幸听过一场戴维·潘内尔（David Pannell）的讲座，这位来自西澳大学（University of Western Australia）的伟大农业经济学家谈吐温和，毕生都在研究农民的行为。潘内尔主导的研究所致力于理解环境经济学和相关政策，他撰写过数百篇期刊文章，也出版过多部著作。他的工作很艰难：澳大利亚古老的红土是出了名的脆弱。

在光线昏暗的会议厅里，潘内尔向听众介绍了数字农业革命的现状，对一些市场炒作概念进行正本清源。他的演讲方式让那些只有内行才懂的经济学概念变得生动有趣。他解释了经济学家所谓“平收益函数”（flat payoff function）。例如，农民施肥或灌溉是为了提升收益，如果他们不断增加肥料的使用或灌溉次数，那么收益会达到稳定的峰值，之后下滑。

潘内尔的证据表明，无论农场类型和输入条件有何差异，农民施用肥料时，农作物的表现总有一些共性。具体来说，他证明了虽然每块给定的耕地都有最佳施肥量，但无论农民多施肥还是少施肥，最终从农作物上赚到的钱都没太大差别。这就是平收益函数的理念。换句话说，增加施肥量或其他输入条件，得到的回报其实都落在一个狭窄的范围内，最终的收益和农民的肥料施用量关系不大。事实上，潘内尔博士证明，施肥不足所造成的损失很可能比过量施肥更大。①

这位好教授得出结论，平收益函数不仅十分常见，而且还表明，农民不必过于精确地控制施肥量，反正最后的收益水平都差不多。这随之引出了一个问题：就算智慧农场对环境有益，它真的值得让农民投资吗？

火星上的农业经济甚至会更加残酷。火星人使用的任何资源，

---

① https://www.coursera.org/lecture/agriculture-economics-nature/video-flatpayoff-functions-Nw8uu

都必然是牺牲了社区紧张的工业生态里的其他资源才制造出来的。有的农作物会不会消耗资源过甚？或许如此。但要维系社区生存，就必须做好平衡，所以火星人要仔细斟酌所有可用数据，他们也许会决定专注于少数几种没那么消耗资源的农作物。但要将这样的决策移植回地球，可能需要一些更灵活的手段。

数字农业技术的应用给我们上了重要一课，我们从中学到了运用技术的基本原则：技术或许能提供一些解决方案，如针对环境问题，但技术往往并非解决方案本身。换句话说，无论一种技术理论上具有多大的效益或潜能，但要在现实世界里落地，则要解决现实问题。这在环境方面体现得尤其重要。如果在地球上，智慧农场的预期收益是减少农业对环境的影响，那么要让农民为了实现这方面的目标而使用这些技术，我们最好同政府合作，设计出一套激励机制，以经济手段鼓励农民。从这个角度来说，农业和其他经济部门并无太大区别，除非有配套的政策、经济激励和监管制度，否则，指望农民自愿承受变革的代价，这种做法未免显得幼稚。技术本身并非灵丹妙药。

一群（？），一批（？），一串（？），一队（？），还是一团（？）拖拉机

“你觉得火星拖拉机看起来会和‘多特’拖拉机差不多吗？”某天，在埃文分享了那些机器在田野里自动逡巡的视频后，丽诺尔这样问。

“老实说，我不这么认为，”埃文回答，“尽管那些营销素材总这样说，但以‘多特’技术为代表的智能拖拉机可能不适合火星。首先，这些设备体量很大，只适合整齐的大片耕地。火星可不是这样，地球上很多地方的农田也不完全是这样。其次，它们主要适用于谷物和油籽之类的作物。正如我们已经讨论过的，人类不太可能在火星上大量种植这类作物。虽然‘多特’可能不适合火星，但我们还是可以关注一下仍保留了小规模精耕细作的地区，看看那里的农民是如何利用‘多特’背后的技术的。”

说到探索开拓性技术，我们似乎可以把目光投向谷歌。这家曾彻底改变了互联网的公司如今几乎把全部重心转移到了他们的X公司上，致力于为紧迫的全球问题寻找最有挑战性的解决方案。X公司有个引人遐想的项目，名为“矿物”（Mineral）。该

项目提出，要满足不断增长的人口需求，人类需要改变自己的食物体系。在他们的宣传材料中，“矿物”背后的智库提出了一个有趣的观点：约一万年来广泛流传的基本农业方法使得人类种植的作物和种植方式变得标准化。这意味着今时今日，寥寥数种动植物物种主宰着整个北美大陆。鸡、牛、猪，还有小麦、大豆和玉米，都是用几乎一模一样的方式生产出来的；从落基山脉到大西洋，从北方森林到南方的密西西比三角洲，农业生产方式几乎毫无变化。

我们前面介绍过的绿色革命技术强化了这种趋势，农场越来越大，作物种类越来越少，耕作方式越来越标准化。近一百年前发明的杂交种子、灌溉系统、杀虫剂和合成肥料成功地大幅提升了产量，以至于它们在很大程度上主导了农业体系。这种趋势看起来似乎不可阻挡，但事实并非如此。下一场革命正蓄势待发，将通往一个截然不同的方向。

目前看来，人工智能和机器人学之类的新技术可能不会再迫使人类不断扩大农业经济规模，而是给我们提供了小规模耕作的可能性。谷歌“矿物”的网页上是这么说的：“如果新的技术能帮助人类拥抱大自然的多样性和复杂性，而非一味简化，那会怎样？如果种植者能理解他们农场里的每一种植物如何生长，如何与环境互动，就可以减少肥料的使用……”① 所以，谷歌公司的聪明人正在做这样的事情：把传感器装在自行车上，让自行车在小块耕地上缓慢行驶，天马行空地设想能通过什么方式监控地里的每一株植物。

“我听说，”埃文表示，“智能技术带来的真正典型变化是，我们可以把这些技术运用到更小的尺度上——没到纳米级或微米级那么小（就像前面讨论的一些技术一样），而是动植物个体的尺度。能让这种变化生根发芽的地方不太可能是北美的粮田，那里的东西一个比一个大，而是那些小规模依然重要的地方。要考虑这种规模，我们就得去地球上的另一些地方，在那里，同一套技术正孕育出全新一代的农业设备。

“我觉得，地球上最适合模拟火星食物体系的地方可能在非洲或亚洲，那里的农民仍在耕种小块土地。我读到过的那些智能工具甚至有可能解放妇女、减少劳动、纾解贫困、提升耕作的可持续性。”

丽诺尔觉得，埃文可能说到了点子上。在我们的某次谈话中，她提到了农业劳动之所以如此依赖人工（剥削女性和以女性为主

---

① https://x.company/projects/mineral/

的家庭把最辛苦的活计丢给了她们），部分是因为我们的资本主义经济制度对这部分劳动力贡献的评估实在有失偏颇。但在火星上，劳动力将非常稀缺，每个工人都代表着巨大的投入，所以人们不会把糟糕的工作全部丢给系统性遭受不公待遇的群体——而是让机器去干。

利用人工智能和大数据之类的技术改善小规模耕作将促进这方面的转变。有的公司正在投资一种被亲切地称为“拖拉机集群”的技术。一组拖拉机集群由多台联网协同工作的自动驾驶小车组成。想象一下，一群垃圾桶大小的有轮机器人，每台都配备着犁地机、条播机或喷雾器。这群拖拉机散布在田间，匆匆忙忙地来回奔走，照料植物，拔野草，播种，或者按需喷洒药剂。这种模式特别适合大城市郊区一英亩左右的耕地，或从另一颗星球地表钻出来的紧凑型温室。

我们看到，在柬埔寨等地，搞拖拉机或无人机集群的公司正如雨后春笋般涌现，那里的农民可以订购无人机来搬运地里较轻的货物。我们最喜欢的一个例子来自一家名字真的叫做“火星”（MARS）的公司，这是“模块自动化移动式机器人”（Modular Autonomous Mobile Robots）的简称。MARS用无人机扫描田野，创建详细的电子地图，这些数据会被用来协调部署在地里自主移动的机器人。除了无人机和地里的机器人以外，农民们还能利用各种灵活的工具扩大或缩小耕作规模，这具体取决于农场的规模或手头的任务。MARS 宣称，他们能帮助小规模耕作的农民减少杀虫剂的使用。按照他们的宣传，如果你采取有机的种植方式，或者在相对较小块的土地上耕作，这就是最适合的工具。

新发明的拖拉机集群重新定义了拖拉机的概念本身。拖拉机不再是只适合大农场主的巨额投资。购买拖拉机的行为也不再是经济方案的一部分，不再同越来越大规模的农场联合、令人瞠目的规模经济密不可分地绑定在一起。取而代之的是，在不远的将来，拖拉机可能会是由小型车辆和无人机组成的可完全扩展的遥控网络，适用于各种条件的农民。

这项技术不仅重新定义了拖拉机的概念本身，还重塑了“拥有拖拉机”的概念。非洲和南亚之类的地方也正在涌出类似优步的公司，为农民提供按需租用小规模设备的服务。

这意味着努力想攒一大笔钱买设备的农民可以跟邻居搭伙，短期租赁最急需的机械，从而降低他们工作的辛苦程度，提高产出。想象一下，一群印度的米农合伙订购了一台运输无人机，把他们收获的稻米送去脱粒厂，或者一群加纳女农通过一家初创企业租用了一组拖拉机集群来耕地。从这个角度来看，人工智能、自动化设备和数据分析得以彻底重塑耕作方式，这代表着一种真正具有颠覆性的技术方法。

可见，北美大型农业展上引人注目的展示项目并非智慧农场真正的魅力所在。这些自动化巨兽的舞台很可能是那些以大规模经济为主的农场。而当这些技术被打包应用到规模更小的农业生产上时，真正的变革才会来临。农民可以利用这些技术在较小规模土地上实时管理农作物或牲畜，我们也将看到，这正是火星食物体系需要的未来。

太空先锋

在火星上，每一株植物都很重要，需要被精心监控和照料。照料系统需要像操控它们的火星农民一样训练有素。

根据 NASA 的规程，要成为一名宇航员，你需要先攻读所谓的 STEM 学科，即科学、技术、工程学和数学。要么你也可以先成为医生，或者试飞员。你还需要不少职业经验，在职业生涯中必须展现出“…… 领导力、团队合作和交流能力”，你还需要通过一项身体耐受度测试（噢，你还得是美国公民，但这一点和本书主题没什么关系）。[①]

技术网站 careergirls.org 把这些要求分解得更为具体。他们建议，一位准宇航员需要具备分析、交流、聆听、决策、机械、数学和团队协作能力。未来火星社区征募机构要求的技能应该也差不多——要在太空中生存，你需要超乎想象的勇气和决心，出色的交际能力，且在某些技术领域受过高水平训练。虽然这听起来很疯狂，但埃文和丽诺尔知道，想要点亮食物体系的未来，人类农业技术部门需要的劳动力差不多也是这样。要让未来的农民做好移民火星的准备，他们需要大量与地球上的农业工人相同的技能。

今天，作物或土壤科学等传统农业学科的重要性达到了前所未有的高度。这意味着未来的农业经营者需要知道作物如何生长，如何保证食品安全，如何维持土壤肥力。与此同时，正在到来的农业技术革新浪潮也需要对 STEM 学科的敏锐感知。问题在于，农学院不怎么教数据科学和编程。要填补这方面知识的空白，农科教职人员和农学院要引导他们的毕业生更全面地接触这些东西。同样，工程学和计算机科学院校也需要让学生在案例研究、求职

① https://www.nasa.gov/audience/forstudents/postsecondary/features/F_Astronaut_Requirements.html

和实习时，把农业食品作为一个可以考虑的方向。我们应该打破草帽和红色谷仓的刻板印象，农业并非充满乡土气息的古老行业。在为全世界数以十亿计的人口生产足够的营养食物的同时，也保护着地球——这项事业值得与航空航天、汽车制造、医药或信息技术相提并论。

但即使是将STEM课程融入传统农业学科教育，还远远不够。例如，农学院通常将大部分精力放在传统农业上，这意味着我们的学生主要学习的是如何利用绿色革命技术大规模生产主流商品和牲畜。农业教育工作者需要拓宽视野，明确引入其他类型的生产体系，包括再生农业、生物动力农业、有机农业和本书中介绍的所有科技创新。

同样，职场研究表明，要在新的工作环境中如鱼得水，年轻人需要成为优秀的技术人员，拥有扎实的科学功底和所谓的软技能——或者说基础技能，包括积极聆听、批判性思考、口头和书面交流能力以及项目管理能力。从这个角度来说，目前大学里典型的教育方式还是以讲课、考试和写论文为主，这无法满足学生的期望。大部分学校里的大部分学生所接受的大部分训练，所依据的教学模型依然是——学生从教授那里获取信息，通过考试或论文展示他们所掌握的学科知识。但在现实世界中，团队合作、适应性、项目管理能力和娴熟的技术一样重要。无论是在火星还是地球，农场都将通过一套工业化新陈代谢机制与在整个社区里循环的资源、废弃物相连。农民将成为团队必需的一分子。

几年前，埃文曾受邀参加一个关于加拿大未来工作的报告发布会。报告的出品方是加拿大最大的银行——加拿大皇家银行（Royal Bank of Canada），报告中的很多内容在本章中都有涉及：想获得好的发展，学生既需要学好技术，也要熟练掌握基础技能，目前的大专院校体系亟待改变。

在这场发布会上，埃文发现自己与加拿大一家大酒庄的经营者①同台，她演示了如何用智能手机控制一百英里外酒庄中的灌溉系统和风机。她承认，自己甚至不必操作太多，因为安装在土壤中和植物上的传感器会测量从湿度到温度的一切情况，然后自动控制灌溉和风机。

但真正让人惊讶的是，她认为虽然这项技术的确让酒庄节省了下地干活的人手，但他们的员工数实际上增加了——他们雇用了更多的数据技术人员、软件工程师、品酒师、营销人员和拥有其他技能的人。对埃文来说，这一幕精准展现出数字农业革命带来

① 这位葡萄酒商是一位三十出头的女性，单凭这一点就足以佐证这个领域发生了多大的变化。

的挑战和刺激。

丽诺尔和埃文设想的火星社区是这样的：每个人本质上都是科学家。全方位监控作物的传感器会产生海量数据，自动化车辆集群将基于这些数据完成人类聚居地里种植、照料、收获食物的大部分工作。如果这套系统崩溃了，人类技术人员会排除故障，但他们将以团队的形式完成工作，管理种植系统只是工作职责中的一部分。人类技术人员大部分时间将从事与食物无关的活动，需要具备极强的技术水平和人际交往能力，这样才能成为团队中优秀的一分子，共同熬过艰难的局面。

地球食物体系的未来大概也是如此。无论是在哪颗星球上，要将新技术落到实处，我们需要以完全不同于以往的方式培养新一代农民。要养活未来，明天的农民需要接受宇航员式的训练。他们真的需要成为“太空先锋”。①

① 好吧，这条注释很可能会暴露我们的年龄，但为了照顾那些不熟悉 20 世纪 80 年代冷门美国电影的观众，《太空先锋》（*The Right Stuff*）是一部关于宇航员的好莱坞电影。

第九章　闭 环

大自然的优雅解决方案

作为一位永远的科幻迷，多年来埃文常在课堂上与自己的研究生玩一个名叫“飞船练习”（Spaceship Exercise）的游戏。在这个游戏里，埃文要求学生想象一艘世代飞船，它的设计要让脆弱的货物——人类在船上生存很多很多年，以度过一趟假想的恒星际旅程。学生的任务是建立一套世代飞船的基本运转规则，以确保初代船员的后代能健康抵达目的地。①

埃文观察到，在克服了最初对这个思想实验的荒谬性而引发的尴尬以后，研究生在热情参与这项练习时表现出很多共性。

---

① 相比之下，火星之旅只需六到八个月。所以，考虑恒星际载人飞船需要什么样的设计，的确是个挑战极限的任务。

“稳定的食品供应。”总有人率先喊出来。“

水，还有可供呼吸的空气。”（这类基本条件总是最先被摆到桌面上。然后，讨论通常会变得更技术性一点 ……）

“隔绝有害辐射的屏障。”

“恒定的温度。”

（然后突然转向更社会化的领域 ……）

“高质量的避孕措施。”

“帮助人们摆脱无聊的社会活动和社会目标。”

“表达文化艺术的方式。”

“促进持续创新的研究机构。”

每次练习开始后不久，就会有人指出，要实现这些值得钦佩的目标，太空旅行者们需要在飞船上配备非常精密的系统，来回收利用几乎所有东西。在太空中，如果某样东西快要用光了，你没法奢望能从什么地方挖掘出新的资源，也肯定不能任东西堆在那里越积越多，最终造成污染。演练到这个阶段，飞船主题已被抛至脑后，大家开始自由讨论人类在地球上需要做些什么，才能确保这颗星球长期的可持续性发展。

当埃文把同样的问题抛给丽诺尔时，她立即做出了回答：“能源和熵槽。很多很多熵槽 ……”

丽诺尔知道，这种答案正是人们不会经常向物理学家提问的原因之一。但她也知道，必须消耗大量能源才可能实现完美的回收利用，还得有地方排放热量和废料。但要理解大体的理念，不需要懂得熵的概念。在拥有生物圈的大型行星上维持一套能运转的生命系统，要比在火星基地、空间站或飞船里维持这样一套系统简单得多。她还知道，在她父亲开着自家的“亚纳号”渔船去太平洋捕捞金枪鱼的时候，他会准备很多份关键零件的备件，还会带上额外制作备件所需的工具。这两件事背后的原理大致相同。

长期以来，埃文一直在思考回收利用在食物体系中的重要性。20世纪90年代，他还在读博士的时候，听过著名小说家、散文家、诗人兼哲学家温德尔·贝瑞（Wendell Berry）的一次讲座。贝瑞在讲座中反思了文明和世界，提出了所谓“大自然的优雅解决方案”，即在大自然的循环中，没有所谓的废料。

贝瑞让埃文想起了学校里大部分孩子都知道的一件事。在埃文的飞船练习中，学生们也总会得出这样的结论：大自然的循环只有在闭环中才能正常运转。枝头落下的树叶会腐烂，让土壤变得更加肥沃，在接下来的岁月里，它们又会重新成为树的一部分。问题在于，很久以前，人类开始打破这些构成优雅解决方案的简捷循环，创造出贝瑞所谓的两个恶劣问题。站在经济链条的一端，人类自环境中破坏性地攫取资源；而在另一端，却要卖力地处理废料。农业、林业和采矿活动破坏了森林，造成土壤退化，随之而来的是食物浪费、被城市倾倒出去的塑料堵塞水路、污染海洋。无所节制的工业革命加剧了人类对环境的影响，越来越多的人陷入“攫取带来浪费”的经济怪圈。但要想在火星上殖民，或者仅仅是在地球上以更可持续的方式生活，我们需要做得更好。人类必须完成食物体系的闭环，让贝瑞所谓的“优雅解决方案”重新焕发生机。否则，地球恐怕无法支撑到人类飞向群星的那一天。

工业革命引发的问题

要探索如何打造食物闭环经济，我们需要退后一步，审视现代世界的一些经济基础。我们都生活在一个工业化的经济体系里，这个概念源自200多年前诞生的一些理念。当时，亚当·斯密(Adam Smith)等人在经济学这个新兴领域里做了些开拓性工作。有高中水平经济学知识的人都知道，消费者为某件商品或服务支付的价格取决于该商品或服务的供给与需求、生产该商品或服务的成本，以及生产者所需的一点利润。正常运转的市场能有效分配资源，给消费者带来新想法的创新者会得到回报。

但事情有时不会运转得这么顺畅。

我们有污染之类的问题，会给社会带来实实在在的成本，但却不一定能引发市场的关注。例如，没有人真正为温室气体的长期成本买单，但我们知道，气候变化会在不久的将来使生活变得更加艰难。由于温室气体排放不需支付实际成本，所以短期来看，这很容易被忽视。但新一代经济学家指出，政府应该纠正市场手段的失效，制定碳排放税之类的相关政策。但再往深说，市场运作方式还存在其他问题，其中有两个问题格外引人担忧。

第一种经济理论名为“相对优势理论”（theory of comparative advantage），本质上是用学术语言来描述，如果公司只生产他们擅长的东西，成本就会下降。套用到食物领域，相对优势理论基本可以翻译成下面这样：我们不妨想象两个国家——卡米洛特出产优质番茄，因为那里的夏天十分炎热，耕地也普遍比较小块；仙那度有更大块的耕地，天然适合种植小麦。如果卡米洛特只种番茄，然后用这些番茄跟仙那度交换小麦，那么与两国农民都种两种作物的情况相比，消费者会吃到更便宜的披萨。① 第二种经

① 从技术上说，我们这里描述的是绝对优势理论，即与另一个国家相比，一个国家在某种商品的生产上拥有绝对优势。相对优势是这种情况的变种，描述的是即使一个地区在两种商品的生产上都具有优势，但如果他们专门生产（并贸易）自己相对最擅长的那种商品，大家都将得到更大的收益。

济理论与之类似，但适用于劳动力，名为“劳动力分工”（division of labor），即劳动力专业化能使公司降低成本，提升效率。正如亨利·福特（Henry Ford）的生产流水线，与其要求每个人什么都会做，不如让工人专门从事某个狭窄领域的工作更高效。

在现实世界中，相对优势理论和劳动力分工的确能显著提升效率。这意味着现代食物体系变得高度专业化，大片土地专门生产寥寥几种商品，如加拿大的小麦、油菜籽和小扁豆，或美国中西部的玉米和大豆。但这两种理论的应用直接把现代世界推向了温德尔·贝瑞所谓的“两个恶劣问题”的怀抱。

无论是在地球上还是在假想的火星社区里，人类都无法再维持这样的体系，必须创造闭环或循环的食物体系，让每种副产品都能在系统中找到用武之地。与此同时，还必须实现只有通过劳动力分工和相对优势才能实现的效率。考虑到工业革命引发的负面后果之一是以效率的名义把“大自然的优雅解决方案”一分为二，造成了资源枯竭、营养过剩这对伴生问题，我们真的有可能在地球上和太空中设计出一套既有经济效率又能实现闭环的系统吗？

飞进更小的圈子

尤雷克·科拉斯（Jurek Kolasa）是立志要为工业化食物体系的一系列问题找到一套闭环解决方案的科学家、工程师和企业家。他以加拿大安大略省麦克马斯特大学（McMaster University）为根据地，在巨罐中创造出模块化的定制生态系统。尤雷克希望通过这种方式更好地理解地球生态系统，改善食品安全，创造工作机会，拯救环境。尤雷克在离安大略湖岸不远的汉密尔顿（Hamilton）家中接受了埃文的线上访问。

哪怕隔着 Zoom 的聊天视窗，埃文仍能感受到尤雷克对自身愿景的热忱。他向埃文解释，要发展闭环的食物体系，秘诀在于思考自然生态系统的运作方式，让每种生命体在有机的整体中各安其位。有的生命体是自养生物，或者说初级生产者，例如我们前面介绍过的蓝藻菌以及它们的“表亲”海藻，会吸收利用阳光，从水中生产营养物质。另一些生物的生存方式是吃掉这些营养物质，防止污染。还有一些生物（食草动物）能将初级生产者的数量控制在一定水平，这些生物共同组成了一个完善的整体。这是我们所有人在小学里就学过的基础生态圈。而尤雷克的愿景是，生态圈中的每一种不同功能都可被单独分离出来，再人工植入一套闭环的系统中，让每个阶段的产品都成为下一阶段的资源。大自然就是这样运作的，按照尤雷克的设想，人类在地球和火星上的食物体系都应如此设计。

当人们要求他具体解释一下这个设想时，他设想出一系列罐子或其他容器，每个容器里的温度和压强都可控。1号罐里养的是海藻或其他微生物，它们为2号罐的小生物提供了食物，这些小生物又养活了3号罐里更大一些的生物，依此类推，直到最后一只罐子生产出适合人类食用（而且很美味）的大鱼，这些鱼产生的废料又和水一起被回收利用，再次投放到1号罐中。人类管理这套系统的方式是：从每只罐子中收获盈余，回收利用剩下的一切，根据需要添加一点营养、阳光和少量水，维持整个系统的运转。这样的系统不是完全自给自足的，但一旦运转起来，它所需的资源比我们如今依赖的工业化食物体系要少得多。

“关键在于，”尤雷克对埃文说，“每个阶段的生物都具有多样性，每个个体都必须发挥不同的功能。所以，是的，你肯定想把蓝藻菌养在靠前的几只罐子里，但如果你过于依赖单一物种来完成关键功能，一旦这个物种出了问题，整个系统都可能会受影响。在火星上，这可能是灾难性的。”

因此，尤雷克建议，与其考虑单一物种，不如利用物种群来构建一套生命支持系统。他又指出，除了蓝藻菌以外，螺旋藻和其他形式的海藻应该也能帮上忙。

他大笑着说："如果你把事情定得太死，风险就太大了，因为你必须确保所有条件都正好适合那几种生物。但是，如果你拥有一个由不同种类的海藻组成的群落，那么这个系统作为整体很可能就能耐受更多样的条件，这样做更有弹性。"

"那在火星上呢？"埃文问，"在火星上有必要这样吗？"

"当然。"尤雷克回答。他直视着埃文说："但是，比起去火星上弄清这些事，再把它带回地球，直接拯救地球要简单、便宜得多，你肯定明白吧？"

埃文点点头。尤雷克继续道："火星社区是一个很棒的思想实验，但我认为我们应该先把注意力集中在地球上，不是吗？"

无论尤雷克有多狂热，闭环系统理论有多优美，但在现实中，要以一种商业上可行的方式实现闭环示范，这个任务看起来难得令人望而却步。于是我们不得不回过头来求助于亚当·斯密的相对优势论和劳动力分工论。为了更详细地探讨这方面的问题，值得深入研究一种特殊温室的经济情况，它真正体现了尤雷克说的很多东西。这种实践被称为“鱼菜共生”（aquaponics），它试图模仿闭环系统，把鱼和蔬菜放到一起来生产。

高级的鱼菜共生实践会把鱼养在温室旁边的水池或水槽里，把鱼粪当作肥料，用来种植温室里的蔬菜。这基本上是尤雷克远大愿景的简化版，温室行业杂志《克瑞斯》（*Ceres*）指出，现代的鱼菜共生实践是一扇通向未来之窗，利用“可持续的培养方式，创造零废弃物，并将本地生产的新鲜食品回馈给社区”①。

虽然在理论上“听起来很美”，但要真正实现这样的系统仍面临巨大的挑战。首先，考虑到高昂的前期成本，任何面积小于1万平方英尺的实践在商业上都不具备真正的可行性。如此庞大的设施很可能由投资人所有，严重依赖昂贵的自动化设备，由雇来的管理者和工人具体运营。问题在于，这种业态必须同时与传统温室和专业养鱼场竞争。但由于鱼菜共生的经营者试图同时做两件事（生产鱼和蔬菜），其效率往往比不上专注于一件事的企业。因此这种大规模鱼菜共生实践相当罕见。有鉴于此，大部分鱼菜共生初创企业的规模很小（如小于1万平方英尺），尽管他们的初衷

① https://ceresgs.com/guide-planning-commercial-aquaponics-greenhouse/

是好的，商业模式也很有说服力，但这些小规模实践看起来都撑不了太久。

例如，几年前，埃文跟加拿大多伦多附近两家不同的鱼菜共生公司有过一些合作。其中一家公司甚至因为对可持续性发展的投入而在2018年获得了安大略省“年度社会企业”的称号。但当埃文试图联系他们时却发现，和其他很多企业一样，这家公司也默默消失出局了。

因为进展不顺，重新碰头讨论鱼菜共生的出路时，我们两人都心烦意乱。我们交流的语调比平时更低沉，但丽诺尔立即指出了几个可能的问题。

“首先是规模的问题，”她说，“很多鱼菜共生公司从未拥有过真正的竞争力。”

食物生产是低利润产业，要想挤进这个已经拥挤不堪的市场，你要么需要说服消费者多付钱，要么需要有足够的体量，才能跟传统农业正面抗衡。

“其次是资本的问题。”丽诺尔说。

以加拿大的标准来说，埃文知道几年前有几家鱼菜共生初创公司干得很不错，设法募集到了几百万美元的投资。但对一家食品科技初创企业来说，几百万仅仅是杯水车薪。事实上，他们需要上亿美元的风险投资才能起步、运转。想想优步或推特，这两家公司在最终盈利之前的很多年一直在烧钱。支撑这些技术巨头的是有钱的投资人，他们买单的逻辑是：这些公司总有一天会赚大钱，并彻底颠覆现有经济体系。虽然风险投资界了解交通和信息技术领域的情况，但资金尚未流入食品业。在投资领域，鱼菜共生玩家只是大池塘中的小鱼。

最后，鱼菜共生（以及广义上的食品生产）是有风险的，部分原因是他们所处理的是有生命的系统，天然就比软件环境更难控制。而且鱼菜共生公司尤其棘手，因为该行业本质上试图生产的是两种东西：鱼和蔬菜。因此，他们的系统运行起来会更复杂，可能出问题的地方更多。因此他们的团队资源和专业知识都会被稀释。我们再回到亚当·斯密关于相对优势和劳动力分工的逻辑上来，无论闭环系统有益于环境的逻辑是多么诱人，鱼菜共生的商业模式的确有缺陷：它不允许创业者充分专业化，其效率也因此打了折扣。

讨论这些问题时，我们似乎开始出现分歧。对本书中讨论的绝大多数主题，我们的意见几乎完全一致。但在鱼菜共生问题上，共识开始变得岌岌可危。尽管如此，丽诺尔仍对解决这个问题抱有希望，但坦率地说，埃文已经准备把鱼菜共生的创意丢进“纸上谈兵”的垃圾桶了。

或者至少他曾这样想过 —— 直到丽诺尔的又一次采访，让我们对整件事有了新的思考。

我们食物的未来

雪儿·梅里韦瑟（Cher Mereweather）对一切关于食物的事都怀有一种颇富感染力的热情，她在多伦多外围惠灵顿（Wellington）大区的家里接受了我们的访问。雪儿的工作涉及民间团体和食品工业两个领域，她是那种很罕见的人：见过她的每一个人都认识她、喜欢她。在她家所在的社区，雪儿是完美的中间人，她擅长维护人际关系，而且心地善良。

2020年冬至前后，埃文、丽诺尔和雪儿在Zoom上碰头。当时外面阴霾密布，人人都忙着为疫情引发的第二轮隔离做准备。尽管这一年分外艰难，雪儿依然活力十足。

“人人都说，2020年真是太糟糕了，但说实话，2019年更糟。”她恳切地说。丽诺尔和埃文觉得，这句开场白着实有些奇怪，但雪儿的解释让这一切说得通了。

雪儿是一家名为“供应联盟”(Provision Coalition)的组织的首席执行官，该组织的目标是帮助其他公司让食物生产变得更可持续。但在2019年，因为政府预算的一次重大调整，供应联盟失去了公共资金的支持，不得不自谋生路。正是在那时，当地正在酝酿一场解决食物浪费的运动。圭尔夫市政府和惠灵顿地区政府合作，从联邦政府的“智慧城市挑战”项目中争取到了1000万美元，启动了名为“我们食物的未来”(Our Food Future)的项目，目的是创造出加拿大第一个食物循环经济体系。这个项目最重要的目标是试图重建温德尔·贝瑞几十年前向埃文介绍过的“优雅解决方案”。

雪儿向埃文和丽诺尔介绍的专案名为“改头换面”(RePURPOSE)，是“我们食物的未来”项目的衍生，目的是证明食物体系可兼顾经济上的可行性和营养问题，但不会造成过度的资源榨取和浪费。说到这里，雪儿大笑起来，因为和很多好故事一样，“改头换面”的故事也是从啤酒开始的。

惠灵顿啤酒酿造厂位于乏善可陈的加拿大中等城市圭尔夫边缘，坐落在一个乏善可陈的工业化公园附近，毗邻一条毫无特点的高速公路，这里是安大略省一家比较成熟的大型精酿啤酒厂。路人能从令人愉悦的橡胶靴子标志和质朴雅致的酒吧认出它。

2020年春天，雪儿正在寻找适合他们组织的项目，在市政府的支持下，她开始深入社区。某天，她正同惠灵顿啤酒厂的厂长聊天，问起啤酒厂会产生哪些废弃物。对方告诉她，和各地的啤酒厂一样，惠灵顿啤酒厂会在酿酒过程中产生大量酒糟。这些酒糟的典型用途是饲养动物或堆肥，但实际上，它们很可能直接被倒入城市垃圾填埋场，在那里腐烂，加剧全球变暖和水污染。“可是说真的，”雪儿若有所思地说，“酒糟里不是有丰富的有机物和纤维吗？也许当地其他地方会有人用得上？”

不久后，雪儿和她的团队为啤酒厂和当地一家奇怪的初创公司建立了联系。这家名为“欧力卡解决方案”（Oreka Solutions）的公司生产一种商用牲畜补剂——黑水虻幼虫。欧力卡公司已经在一处废弃的挤奶厂里运营了好几年，离啤酒厂约有20分钟车程。他们从杂货店搜集本应被丢掉的有机物，用来喂养黑水虻。当然，实际操作并没有听起来这么简单，要让黑水虻长得快，需要精心的照料和营养均衡的膳食。雪儿发现，啤酒厂的酒糟可以被轻松纳入黑水虻的饮食中。她和团队打了几个电话，串联起更多的点，没过几天，啤酒厂就开始把酒糟卖给这家昆虫农场了。

但用酿酒废料喂昆虫，还不算完整的循环，雪儿团队再次陷入思考。

与当地创业者和企业家一起集思广益，那些昆虫幼虫能在这里发挥什么作用呢？2020年初夏，一连串电话又促成了一桩生意。雪儿和同事把“欧力卡”的昆虫幼虫当成鱼食卖了出去，买家是当地一家名叫“和泉”（Izumi）的水产养殖企业，他们的养鱼场距“欧力卡”的基地只有10分钟车程。

和泉鱼场用他们所谓“漂浮循环水道”（floating raceway）技术养殖高品质鳟鱼。基本设计很简单。漂浮循环水道是由玻璃纤维制成的轻型窄槽，被安装在固定的池塘里，由整齐的木质走廊隔开。你可以想象一系列狭窄的码头木栈道，每条栈道两旁都是漂浮循环水道。因为每条水槽彼此隔开，里面的水和池塘的水也是隔开的，所以养鱼户比较容易控制槽内的水质、溶氧量和温度，还能清理业内所说的可沉淀固体（settable solid），也就是没吃掉的鱼食和鱼粪。此外，由于这些水槽安放在比较大的池塘里，泵水产生的总能耗非常低，和海滨养鱼场里常见的更传统的网箱能耗相当。此外，由于这些漂浮循环水道安放在固定的池塘里，所以水槽本身和当地水体是隔开的，槽里养的鱼根本不可能逃出去，取代野生鱼类种群。这意味着营养、非本地虫害和疾病也更容易控制，不会外溢到环境中。总而言之，漂浮循环水道提供了一种在内陆环境养殖高品质鱼类的高效经济方式，从而回避了许多传统上针对鱼类养殖的批评，即在海滨河口或峡湾用网箱养殖专门选育的鱼类，会对野生种群造成不可避免的重大影响，因为养殖鱼类的粪便和携带的疾病会不可避免地进入环境。

“和泉”主要生产两种产品。第一种是高品质鳟鱼，通常会用船送往其他城市的高级餐厅。雪儿又打了几个电话，给一部分鳟鱼找到了更近的去处——它们会被送回圭尔夫，那里有几家餐厅组成的“社区联合体”（Neighbourhood Group）。

“和泉”的水道生产的第二种产品是从槽底捞出的固体。其中大部分是没吃掉的鱼食和鱼粪；在大部分养鱼场里，这些废料会成为污染源。就像雪儿为啤酒厂的酒糟寻找出路一样，这会儿她又打了几个电话，找到了当地的一位马铃薯农场主，他有兴趣把这些营养丰富的废弃物填进自己的地里。下一步怎么走很容易看出来了：又打了几个电话，雪儿和团队就安排好了，让社区联合体的餐厅采购这些用“和泉”的鱼粪培育的马铃薯。

丽诺尔举起手来：“好吧，让我确认一下自己听明白没有。你让社区联合体的餐厅卖本地产的啤酒，用本地养的鱼和马铃薯。

不仅所有产品都来自经济上可行的、车程不超过1小时的公司，而且每种产品本身很大程度上都是通过重新利用链条上其他地方产生的废弃物生产出来的。所以，这本质上是一个在地区层面运行的闭环系统？”

雪儿接道：“正是这样。但我们没有止步于此。我们问自己的团队，‘装着鱼和薯条的盘子里还需要什么？’‘这东西在当地有资源吗？’”

当然，对这些问题，雪儿也有答案：盘子里还需要一片酸面包和一些用来做裹鱼面糊的谷物。

为了寻找这些产品，雪儿和团队回到惠灵顿啤酒厂，取了一些昆虫不需要的酒糟，打了最后两个电话。第一个打给本地一家名叫“谷物革命”（Grain Revolution）的烘焙店，第二个打给圭尔夫大学的一群微生物学家，他们创建了一家名叫“悬崖实验室”（Escarpment Laboratories）的副业公司，把酵母菌卖给本地酿造企业和那些想用废酵母干点儿什么的买家。这些生物化学家可以和烘焙师一起研发酸面包，足以和本地某些最高级的手工乡村面包相媲美。

最终他们创造出三种循环餐点。2020年秋，每种都在社区联合体的三家餐厅里销售一空。第一种是当地酒吧供应的传统炸鱼薯条餐，包括佐餐的酸面包。第二种是酸面包烟熏鳟鱼三明治配手切马铃薯片，主要在当地的熟食店和午餐柜台售卖。第三种是腌鳟鱼配马铃薯、辣根奶油和加料烤制的酸面包片，这是联合体里比较高级的餐厅出售的餐点。这三种餐点都在消费者中激起热烈反响，即将成为餐厅菜单上的常驻产品。

雪儿相当骄傲地总结了自己的故事：他们创造了一套循环食品经济。几乎全凭一部手机和想在疫情防控期间做点事的渴求，她在自己的社区内部建立了联系，为老饕们的菜单增添了三个选项，而且每种餐点都来自当地，用原本只是废弃物的产品制成。

后来，丽诺尔和埃文又碰了次头。“埃文，我喜欢在火星上建立闭环的想法，但这种事太复杂，可能没办法提前规划？也许火星人会从半闭环的系统开始，然后随着时间的推移，慢慢把剩下的东西拼凑在一起？我担心的是，如果各个过程之间没有‘防火墙’，系统可能会崩溃。”

埃文同意我的看法：“我认为我们可以从中总结一些经验。

“第一点解释起来最简单，却最难应用。工业革命留给人类的‘攫取 — 制造 — 丢弃’线性经济造成了不可挽回的环境问题，我们需要用循环系统取而代之。在设想未来的火星社区需要什么的时候，这样的替代势在必行，因为地球以外的任何食物体系都承担不起营养、水和二氧化碳的流失，新的体系必须建立在循环经济的原则之上。”

“没错，要确保地球环境长期可持续发展，也需要食物闭环。”

“同意。但本章揭示的矛盾是，现在的一些尝试缺乏经济上的可行性。具体而言，就是闭环食物体系运行的规模、成本和复杂性尚不可控。此外，目前我们在地球上看到的鱼菜共生系统案例似乎无法实现食物体系的效能化和专业化。所以，本章得出的第二个教训是，也许我们应该更因地制宜地考虑循环食物体系的最佳规模，让同一地区不同公司达到产量的临界值，再互相交易。或许利用某种区域性方式，我们有可能制作出‘循环’蛋糕？对火星人来说，指望闭环系统的方方面面都在一个容器里完成可能不现实，但或许可以把不同功能和服务拆解到不同的穹顶环形山里，设计出一套能回收利用所有资源的系统？”

“就是这样！那我们就有‘防火墙’了。”

雪儿的故事表明，我们的确有可能设计出一套近乎完美的循环系统，让食物的生产、加工、消费和残渣形成闭环，将人类在地球和火星上都需要遵循的所有原则体现得淋漓尽致。无论人类身在何方，生产食物所消耗的养分都很珍贵，不能任由它们变为污染源。相反，我们必须以雪儿的“改头换面”项目为榜样，解决工业化和线性工业食品生产体系带来的问题。如果能做到这一点，就能实现温德尔·贝瑞所谓的“大自然的优雅循环”。

第十章　火星舞厅

刷红基地镇

2021年，新冠疫情继续蔓延，随着多次的中断和重启，生活慢慢开始转变。加拿大的疫苗接种率意味着我们可以给自己多一点点自由（但埃文依然每天上午10：30坚持查看公共卫生简报，只为徒劳地“了解最新数据”）。丽诺尔开始重新去餐厅外食，去海滩野餐。她和卡佳甚至回了一趟蒙特利尔（Montreal）会朋友，观察各种不同的健康礼仪。但生活中还是缺了很多元素，包括丽诺尔最爱的活动之一：去舞厅跳舞。

就这样，在一个闷热的夏夜，丽诺尔一边从鞋里抖出海滩上的沙子，一边给埃文发了条信息：

“基地镇的夜生活会是什么样？对任何社区来说，休闲娱乐都是很关键的要素，火星也不例外。一个女孩没法光靠网飞活着。”

“的确如此，”埃文回复，“除了地球化改造要用到的必需品外，太空中和火星上肯定还得有别的东西！”他发了个可爱的耸肩表情，这是他专门存起来给丽诺尔看的：¯_(ツ)_/¯。

如果丽诺尔搬去火星，那么按照她的设想，她的工作应该是维持自动化水果生产系统的运行。白天，她会监控种在隧道里、沐浴在 LED 光照下的草莓和蓝莓。她的团队会努力完善更微型的牛油果植株。她想象，几个火星月以后，他们会实现突破，可以在同样的空间里再多放几层种牛油果的架子。监控柑橘产量也是丽诺尔的工作内容（在她的白日梦里），她甚至在脑子里做了份笔记，好向农业主管（这是基地镇上一个非常重要的角色）汇报授粉昆虫健康项目的进展。

埃文也开始尽情发挥想象力。现在，他很可能在搞堆肥和回收利用设施。他在基地镇的“梦之队”负责维持有机系统的运行。他们的工作内容包括优化回收、分类装置，维持堆肥槽恒温，用余热驱动发电机，确保营养维持最佳状态。他会打电话给丽诺尔，接收没用完的富含碳的有机物，把它们和富含氮的污泥（从人类聚居地收集的）混合起来，确保经过理想校准的过程能产出纤维性堆肥和营养密集的液体能供丽诺尔的培植隧道重新使用。

但在白班结束后，我们将停止工作。地球上人人都像是每周7天24小时连轴转，但火星上不一样，我们非常不鼓励基地镇居民在规定的时间以外继续工作。火星上的生活会很艰难，对整个社区来说，过度消耗昂贵且危险。允许人们筋疲力尽，是只有地球人才承担得起的奢侈。

所以我们开始想象，基地镇的夜生活可能会是什么样子。

与地球上真实的自己明显不同的是，未来火星版本的丽诺尔和埃文会在下班时关掉平板电脑，和接班的同事简单交接，然后飞奔回家准备过夜生活。我们想象，我们俩，加上我们各自伴侣卡佳和克里斯汀，可能会像老朋友一样共进晚餐。埃文还梦想着会去一家仿爱尔兰酒吧，重拾自己最久远的爱好之一：用木质长笛吹奏爱尔兰音乐。丽诺尔、卡佳会和克里斯汀一起去跳舞，让埃文去摆弄他的小玩意儿。

不过首先，丽诺尔会收拾干净自己，换上一条用最上等的人造丝缝制的连衣裙。火星上的大部分织物来自制造蛋白质的设施，所以即便没有蚕和绵羊，她也可以穿上丝绸和羊毛衣物。等到卡佳做好准备，丽诺尔会穿上她的皮夹克，这件招摇的外套是用最上等的人造皮革制作的。毕竟火星上的太阳落山后，最大的穹顶里可能会有点儿冷。卡佳的手包也是龙舌兰皮①的，原材料来自火星上唯一的龙舌兰酒制造商产生的废品。龙舌兰大概非常适合基地镇干燥的空气，这会为农民省下一大笔水费。

截至目前，我们想象中的基地镇已经相当成熟，社区也投资修建了一些令人叹为观止的宏伟建筑。主穹顶可能会成为展现基地镇成就的新空间。靠着把新技术卖给地球得到的资金，这座穹顶可以用三层玻璃纤维织物把一座小环形山罩了起来。纳米机器人在一百英亩的空间里跑来跑去，高度警惕着覆盖层上任何最微小的裂缝。主穹顶下笼罩着这个地质年代以来火星上的第一片湖泊，茂盛的植物（大部分植株都结着水果，丽诺尔的团队为此付出了极大的努力）环绕着内湖的沙滩、餐厅等公共空间。

基地镇主要的用餐地点是舒适但标准化的周边食堂，每个人不用给钱就能得到食物。在家最多只能做一些基本的菜品，所以食堂是日常生活的中心。但在特别的日子里，餐厅会供应豪华大餐，主穹顶一天24小时零37分都热热闹闹。

---

① 丽诺尔有一只她很喜欢的龙舌兰包。

埃文和丽诺尔想象中未来的那一天，我们四人将共进一顿火星美餐，有新鲜的蔬菜沙拉（丽诺尔往里面加了几块人造酸橘汁腌金枪鱼），一大份红豆咖喱配一大团发酵酸奶油，最后是椰浆拌的杧果糯米饭。杧果树种在主穹顶外围，热带鸟类在有点杂乱的树枝间飞来飞去。每当有树叶落下，埃文脑内的“雷达”就会被触发，他会尽量不盯着它，但会越来越焦躁不安，直到一台小型机器人（21世纪20年代扫地机的电子后代）把它清扫掉，将这些珍贵的有机物送进回收利用系统。杧果是一种奢侈品，椰子也是，但在想象中，我们或许想挥霍一点——这场白日梦发生在2063年4月12日，正好在埃文和丽诺尔的生日中间。红豆也是在LED光照下种植的，其生产自动化程度甚至高于丽诺尔的水果。在某些情况下，厨师是第一个接触到这些产品的真人。

晚餐结束后，埃文去玩他的凯尔特音乐，其余三个人移步附近的酒吧。卡佳和克里斯汀喝的是不远处隧道酒庄出产的上等火星红酒。丽诺尔呷着一杯波本威士忌。虽然她很推崇传统的玉米蒸馏酒，但这种威士忌也是通过先进发酵工艺制作的。此时，埃文正在想念啤酒（只为了酿酒种植大麦很可能还是会占用过多的土地）。但要喝啤酒也不算太难。火星的发酵和蒸馏技术每年都在进步，不久前，他们的一款苏格兰威士忌还在年度行星际威士忌大赛上获得了总榜第三名。（未来的埃文皱起眉头，好奇月球社区为什么总能得第一。莫非是他们的水质更好？）晚餐后的节目开始之前，我们四个人可能会去咖啡摊喝一杯。这里的咖啡也是用先进发酵技术制作的，就连丽诺尔也不得不承认，这种产品丝毫不逊色于地球上的任何咖啡，还能把更多空间让给那些更高产的作物。但丽诺尔还是坚持在湖边留一小片地种可可，部分是因为可可树实在太美，中央决策委员会必须非常严肃地考虑审美方面的问题。毕竟，要在这样一个极其严酷的环境中让整个社区保持愉悦的心态，审美问题是基地镇成功的关键。事实上，火星居民如此快乐富足，以至于我们可以想象，来自地球的官员会做无数研究，看看能从中学到什么，拿回母星地球去运用，因为在人类诞生的地方，仍然存在不公、疏离和抑郁等严重问题。

丽诺尔和卡佳会换上舞鞋，踏上火星舞厅的地板。午夜乐队正在演奏狐步舞、华尔兹和摇摆舞的混合舞曲。因为火星上重力较低，在这里跳舞多少会有些不同，但火星人应该已经学会调整身姿，适应重量和动能的变化。勇敢尝试了几支维也纳华尔兹后，我们想象，丽诺尔和卡佳会去另一个玩音乐的地方，和克里斯汀碰头，一起听埃文的新民谣乐队演奏。乐器用珍贵的硬木制作，这些木材生长在基地镇较大的隧道里，之所以有项目提供这样的资源，完全是为了增加社区整体的福祉。埃文练习得非常努力，乐队直到凌晨才收工，大家各自回家，去享受周六的懒觉。健康的饮食，没有机动车，平衡的工作与生活，规律的锻炼和社交活动，这样的组合使人常常忘记，按照地球年龄计算，我们已经快一百岁了。但话说回来，按照火星年来算，我们还不到五十呢!

我们在火星上吃什么?

我们想象中的基地镇夜生活代表着一个成熟新世界里的特殊场合，但在早年间的火星社区，火星人的日常饮食会是怎样的呢?大部分餐点可能是集体供应的。在家做饭效率太低，在大城市建立的早期，包括古罗马和古中国的那些大城市，人们所有的餐食几乎都是在食堂、小饭馆或街上吃的。所以我们不妨想象，这是平凡的一天，火星公民在出发上班前走进了社区食堂。

火星人早餐可能会是某种高密度营养的海藻基能量棒。能量棒里或许会添加一些昆虫蛋白质来增加风味，但大部分昆虫会被拿去喂鱼。不过，它的整体口味大概很像地球上的燕麦棒。

由于高碳水谷物占的空间太大，早餐贝果大概不会成为主流，但食堂可以供应来自细胞农业生物反应堆的煎蛋卷，配上用真正土豆做的薯饼，这些土豆是用食堂和其他设施产生的有机废料制成的堆肥种植出来的。至于烹饪这些土豆所需的食用油——得到广泛应用的很可能是海藻油，因为它有天然的风味，烟点也很高，很适合煎炒。

一开始，咖啡和茶会是从地球进口的奢侈品，但本地产的热饮和速溶咖啡生产线并非不可想象，因为我们已经知道该如何制造合成咖啡因。所以不难想象，火星上的第一批实验室里肯定有合成咖啡因的。甚至就在我们撰写本书时，先进的发酵公司已经在合成咖啡和巧克力以及其他十多种复杂产品方面取得了重大进展。

我们几乎可以肯定，配热饮的牛奶或奶油是用植物和酵母菌发酵的乳制品脂肪及蛋白质混合制成的。甜味剂可能有部分是果糖（来自植物），还有一部分是另一种来自酵母菌的甜味蛋白质。有的甜味剂可能来自龙舌兰，就是用来做龙舌兰酒和卡佳手包的那种植物。所有植物都可能有多种用途。

午餐肯定会有超级新鲜的沙拉，因为整个基地镇就是一座巨大的果蔬园，可食用植物融入了所有生活空间，所以空间里的每个电子和光子都不只是用来给人类照明，还会被植物吸收，促进光合作用。

除了沙拉，在我们的想象中，火星人还会吃3D打印的鱼和鸡排，这些蛋白质要么是从生物反应堆里长出来的，要么来自酵母菌。这些酵母菌又以蓝藻菌为食，后者是将火星表层土转化为富氮有机质的基础生产者。

为了增加蛋白质，沙拉里可能会有一些用酵母菌生产的奶酪。火星奶酪最早的迭代版本可能相当同质化（因为它们用的全是同样的蛋白质和细菌培养物），但随着时间的流逝，火星细胞奶农会通过实验创造出新的微生物。经过这些实验，适应本地的各种不同酵母菌会生产出各种不同奶酪，甚至可能创造出火星本地的风土。

调味品应该相对比较容易弄到。NASA的“好奇号”火星探测器已经探测到，火星上有堆积如山的盐，虽然这些盐可能需要经过好一番处理才能撒到火星家庭的自制薯条上，但我们甚至可以想象，在地球的高级餐桌上，使用火星食盐或许会成为一种身份的象征。其他调味品可以从药用和香料作物中提取，或者直接在实验室里合成。生长在基地镇公共空间中的植物应当包含药用和香料作物，它们还有额外的好处：让穹顶和社区大厅里的空气变得更甜美。

但面包产品大概会很稀有，要让穹顶下的聚居地具备种植小麦、玉米、稻米或大麦（无论多少）的能力可能代价高昂且困难重重。品尝意大利面和烘焙产品将成为一种奢侈。但午餐和晚餐桌上可能会有土豆煎饼，或者某种用土豆淀粉做的小点心。

这种碳水化合物相对缺乏的情况不会有问题。在地球上，慢性病的主要病因之一是过度摄入精制碳水，导致肥胖、二型糖尿病和其他与消化道微生物群失调有关的自体免疫疾病。在火星上，人类反而没有能力去生产那些在地球上真正能置我们于死地的产品。其他危害性较大的产品（如烟草和硬性毒品）很可能会被完全禁止，但考虑到人类对发酵食物永恒的渴望，我们两人都认为，酒精会继续在红色星球的人类生活中扮演一定的角色。一些精神活性植物和真菌也可能会被送上火星。

晚餐时间到，火星人会坐下来，吃打印的鸡胸肉和今天的第二份沙拉，可能再加一杯仿制牛奶或某种来自垂直农场的浆果汁。在特殊场合，居民们可能会吃一顿真正的鱼。我们可以把鱼的受精卵装在能屏蔽有害辐射的容器里带过去，只要上了火星，养鱼应该有可能被纳入我们之前看到的水和废弃物回收利用系统。

至于甜点，生物铸造厂合成的甜味蛋白质可能会和合成的鸡蛋蛋白质、一点点（非常昂贵）面粉混合起来，做成小饼干，配着冰淇淋或奶昔（也是用酵母菌产生的牛奶蛋白质制作的）一起吃。

想来点油腻腻的消夜，调味煎蛋白质丸（三文鱼、牛肉和鸡肉风味）和薯条可能很常见。蒸馏的烈酒可能会涌进夜店。火星人使用酵母菌生产乳制品的经验会让他们成为天生的酿酒师，几乎可以肯定的是，高品质伏特加将成为最常见的酒。相比之下，啤酒更难酿造，因为单纯为了提取糖而种植大麦代价实在过于高昂。不过，如果能对大麦进行基因改造，让它生产药用蛋白质，而且这些蛋白质能和糖分开，那么或许可以酿造出少量啤酒。

但随着温室和垂直农场产能的提升，我们可以想象，总有一天会有人试着开始种植葡萄，而且我们确信，整个社区都会蜂拥去买彩票，期望成为第一批品尝火星葡萄酒的少数幸运儿之一。这种酒喝起来主要是图个新鲜；很难想象，在缺乏本地微生物的情况下酿出来的酒味道能有多好。但就和奶酪发展出火星风土的故事一样，随着我们对植物微生物群理解程度的加深，或许最终能酿出像样的红酒。谁知道呢，或许有一两箱火星红酒会被送上返回地球的补给航班？

总之，我们预见的火星饮食很可能是合理、美味又均衡的。这些想象和今天人类在地球上吃的东西最大的不同之处，是缺乏牲畜产品、相对缺乏简单的碳水化合物。但随着时间的推移，我们认为，火星居民不会那么想念这些产品。那里的人将不可避免地吃上更符合营养学家和国家膳食指南推荐的食物。想象一下，在基地镇建立约一代以后，基地镇几乎没有人超重，而地球上那些常见的小毛病，如麸质敏感和糖尿病也将成为闻所未闻的事情。

结语　升级现有体系

野化地球

眼看这本书就快写完了，埃文突然对整个项目很紧张，心中涌起一种存在主义的隐忧。他拨通了丽诺尔的电话：“人们为什么会在乎火星上的食物？我是说，这本书整体太遥不可及，而我和你的整个职业生涯都在致力于在地球上建立更高效、更可持续、更健康的食物体系。

“丽诺尔，我们假装给太空时代制定菜单，是不是在浪费时间？”

“绝非如此。”丽诺尔立刻回答，“首先，我们要去火星，因为这正是我们人类要做的事情。我们向外扩张，我们制造工具，我们犯错，然后我们再次尝试。我们在本书中最早引用的名言是卡尔·萨根说的，那条开阔大道的召唤。卡尔·萨根的另一个故事和 NASA 的旅行者1号飞船有关。1990年，旅行者1号离开太阳系时，他说服任务控制组，让摄像机掉过头来，为地球拍下了最后一张照片。如果你没看过，那绝对值得用谷歌搜索一下，照片上的地球是一个再小不过的斑点。这张照片被称为‘暗淡蓝点’照片。

“无论如何，看着那个小小的斑点，萨根说，‘那是我们的家。我们就在那里 …… 你所爱的每一个人，你认识的每一个人，你听说过的每一个人，曾经存在过的每一个人，都在那里度过了他们的一生。’这是完全正确的。当然，NASA 团队的另一位成员坎迪斯·哈桑（Candice Hassen）博士说得更深刻。她说，‘地球是那么特别，我感到深深的震撼，当我看到它在阳光中闪闪发亮 …… 这也让我想到，**我们的小星球是多么脆弱** ……’。①

“我们这本书真正的重点不是喂养火星，而是保护地球。正如我们一而再，再而三说的那样，人类的工业化食物体系需要升级其操作系统。而飞向火星是我们加载更新的途径之一。”

---

① NASA 这篇文章引用了萨根和哈桑的话［不过萨根的名言最早出自其著《暗淡蓝点》（*Pale Blue Dot*）序言］：https://www.nasa.gov/mission_pages/voyager/voyager-20100212.html。

所以，不妨实话实说。我们两人希望本书能证明人类真的有可能建立一个蓬勃向上的火星社区，其中涉及的技术只是未来的一小部分。无论如何，我们要说的重点是，地球才是这场食物革命影响最大的地方。本书中为假想中的火星社区设计的许多工具和技术应该立即应用到我们的经济体系中，成为地球农业和食物体系的一部分。随着这些新工具投入使用，它们应该会产生可观的影响，一方面降低地球食物体系对环境的影响，另一方面也为数十亿地球居民提供比现在更健康的饮食。

我们希望通过这样的书，能用面包屑撒出一条小路，其他科学家、政治家和产业领袖可以沿着路到达某个地方。到那时，20世纪老旧的农业方式看起来就像史前时代一样。我们希望在不太遥远的将来，回望21世纪20年代初，人们会说那是个“农田达峰、肉达峰、水达峰”的时代。

我们今天的食物体系就像一道席卷世界的浪潮。10个物种①统治着这颗星球大约39%的面积——14%用于耕作，另外25%用于种植饲料和放牧（这部分几乎完全用于养牛）。这些数字不能再

① 小麦，玉米，稻米，大豆，棕榈，甜菜，土豆，猪，牛和鸡。

上涨了，虽然全世界需要养活的人口近100亿，但我们不可能继续压迫自然生态系统。我们无法继续有目的地扩大耕地，也必须缩减牧场。这颗星球上牛、猪和鸡的数量需要大幅减少。

农业科技的进步该让大水退潮。更高品质的种子在全球范围内广泛传播，帮助农民对抗干旱，保证收成。智能拖拉机正在更高效地施肥，人类对纳米技术和微生物群的深入理解创造出新的工具，以更少的资源生产食物。一系列生产蛋白质、水果和蔬菜的新方式让我们看到了希望，人类的农业体系可以重新调整，大幅降低其对地球的影响。这样做也有助于将健康食物的价格维持在可承担的水平。

但这一切来得还不够快。十年来各国政府遏制气候变化的目标并不算激进，虽然现在各国都在付诸行动，但由此产生的问题也与日俱增。无论如何，我们刚刚经历了最不可思议的两年，新冠病毒让我们认识到，人类这个物种既聪明又愚蠢。2019年底，新冠病毒几乎还不为人所知。但到2021年年中，大半个加拿大已经全程接种了疫苗，可供选择的疫苗品种多不胜数。2020年以前，大部分医学研究者都会说，将一种新疫苗推向市场需要十年，可现在：全世界大部分人都已接种新冠疫苗。用马特·达蒙（Matt Damon）扮演的角色在《火星救援》（*The Martian*）中的台词来说：

“我们用科学来解决（这个问题）。”

所以，在改造食物体系这个问题上，或许我们需要定一个登月式的目标，比起简单说一句“我们需要更可持续的食物体系”，这样更酷，更容易激发想象力。也许这正是火星任务的意义所在——赋予人类一个无畏的目标，让我们踏上奔向这个目标的道路。

作为可持续食物的信徒，我们想象着通过飞向另一颗星球——一颗目前据我们所知完全没有生命的星球来拯救地球上丰富的自然遗产，这实在有些讽刺。但我们认为，21世纪20年代是人类历史上一个关键转折点。今天，我们和地球的关系就像古代一座燃烧的图书馆，或者被征服者扔进火堆的失落的玛雅文本。据我们所知，地球上的生物多样性在宇宙中独一无二，但现如今，大部分地区的生物多样性正走向灭绝，正如古代消失在青烟中的亚历山大图书馆。人类正放任自己唯一的星球在身边燃烧，唯一的希望是运用庞大的技术武器库中的所有工具，尽己所能拯救这颗星球。

这本书第二个讽刺的地方在于，我们两人都意识到（但有点晚），正是因为地球拥有如此丰富的基因遗产，人类才能在养活自己这件事上如此偷懒。丰富的陆地、水资源、土壤和物种，让人类可以奢侈地开发效率低得惊人的食物和农业体系——而这是火星永远不会拥有的进化遗产。

第三个讽刺点：这一切都并非农民的责任，但农民很可能是被动承受得最多的人。在这颗星球上的每一个地方，农民们埋头苦干，付出无限精力、自律和智慧，但有些政治经济体系却拒绝承认他们的劳动价值。但旧有的农业方式已经达到了极限，人类需要一个催化时刻，来激励我们重新想象出一套新的生产方式。

在地球上，我们一直可以把生产食物的许多负面代价转嫁给低收入劳动者、受苦的动物、环境和子孙后代。这颗星球承受摧残的能力让人类得以创造出恣意挥霍的工业化食物体系。而在火星上，我们不可能这么无法无天，必须从一开始就达到极高的效率。

别跟食物体系对赌

拯救地球迫在眉睫，但我们两人都不希望以预言灾难的口吻为本书作结，我们都是乐观主义者。我们知道，千百年来，我们这样“有学问”的人一直在跟食物体系对赌。1798年，托马斯·罗伯特·马尔萨斯（Thomas Robert Malthus）提出，因人口增长带来的食物需求必然超过供给能力，使人类陷入不可避免的饥荒。在这一点上，马尔萨斯以如此笃定的口气跟农业对赌，于是整个生态悲观主义都以他为名——人们称之为“马尔萨斯主义”(Malthusianism)。

1980年，相似的一幕发生了，一位经济学家真的掏出1000美元跟一位生态学家打了个赌。马里兰大学(University of Maryland)的商学教授朱利安·西蒙(Julian Simon)跟斯坦福大学(Stanford University)的生态学家保罗·埃利希(Paul Ehrlich)打赌：接下来十年原材料成本会下降。埃利希选择了一系列原材料，两人约定，于1990年9月29日再碰头检验。如果原材料价格上涨(代表供应不足)，那么埃利希赢；如果价格下降(代表供应充足)，那么西蒙获胜。二人打赌的原因是世界观的分歧。西蒙坚定地认为，创新和技术让人类得以克服增长的极限。而埃利希则观察到了世界环境问题，认为人口增长会引发饥荒、资源匮乏和毁灭。

今天，气候变化的威胁日益临近，加拿大屡次刷新高温纪录，加州的农田挣扎着保持产出，很多食物体系专家正在押上类似的赌注。冰融，火烧，风暴肆虐，在这样的情况下，很难想象现有的农业体系将如何生存。现有农业体系的衰落必然会把人类拖下水吗？或者我们会走上另一条路？有鉴于此，本书最为重要的信息是一个预言：通过火星任务这样的催化项目，人类或许可以走进一个更贴近朱利安·西蒙乐观设想的未来。

但这里也有一些重要的细微差别。单靠技术还不足以强化世界食物体系。全世界的5.7亿座农场里有一大半是小规模家庭农场，很难获得大部分创新技术。某些技术创新甚至可能对小型、中型生产者产生不利影响，导致失业或贫困率上升。与之类似，如果经济体系不给工人支付合理的薪水，忽略动物福利和环境成本，那么本书中描述的技术也于事无补。想确保人类站在等式正确的那头，需要政策的介入。政府必须通过规章制度给温室气体排放和水污染等事项制定标的价格，这样一来，对环境友好的农民才能得到回报。①

1990年，西蒙和埃利希再聚首，经济学家胜出。整个20世纪80年代，埃利希指定的所有资源价格都有所下降。西蒙为人类创造力和创新力发挥的重要作用而欢欣鼓舞。埃利希抱怨自己没选对品种，1990年的经济衰退人为抑制了价格。这两位学者都有对有错。埃利希低估了西蒙为之欢呼的创新。而西蒙也没有预见到保护劳动力和环境的强力政策有多重要。

展望21世纪这个动荡与创新并存的时代，我们需要牢记两件事。我们必须投资那些能帮助人类改变食物生产方式的技术。而

---

① 丽诺尔和埃文都在别的地方写过很多这方面的内容，所以，如果你对他们思考的这些问题感兴趣，可以给他们中的任意一个人留言。

且我们永远不能忘记，要给生物多样性、气候变化、人类劳动力和动物福利等合理定价，公共政策至关重要。只要牢记这两个原则，我们真的很有可能把生产健康食物的价格降下来，不再破坏所有人赖以生存的生态系统。

通过在火星上建立自给自足的人类聚居地这个思想实验，我们试着将后疫苗时代两人共同感受到的科学乐观主义精神引入食物领域。我们在此描绘了一幅愿景：如何运用人类的最强项——发展和应用技术的能力解决21世纪最具挑战性的全球问题。

回到船难点

1845年，离开英国去寻找西北航道的富兰克林探险队驶入了未知之境。出发时，船队带了36000磅饼干，136000磅面粉，超过1000磅肉干，60000磅咸肉，和——至关重要的33000磅罐装肉。这些食物够吃三年。

月复一月，探险队杳无音信，约翰爵士的妻子富兰克林夫人开始警觉。但白厅①海军办公室的官员打消了她的顾虑。富兰克林

---

① 白厅（Whitehall），英国伦敦威斯敏斯特内的一条大道，英国政府多个重要部门所在地，亦为英国中央政府的代名词。——编注

的船队携带的食物还够探险队吃。他们还有时间。而且富兰克林和他的下属都是英国海军的精英，他们有最先进的技术支持。他们的船不久前刚换了更好的引擎。他们带了罐装食品——这个现代奇迹能在最恶劣的条件下帮人们保持健康和强壮。

“我们不能慌。”那些官员一定曾这样居高临下地安慰过心烦意乱（而且不屈不挠）的富兰克林夫人。

日历转眼翻到了1848年新年，探险队还是杳无音讯，就连英国海军高层恐怕也开始有了最糟糕的预感。现在几乎可以肯定，富兰克林的船队没有多少补给了。那些罐装食品肯定已经吃光了。一定是哪里出了问题。

但到了1848年，要做什么都来不及了，他们只能寻找船队的残骸，试着统计损失。在那一年的晚些时候，英国海军和约翰爵士的遗孀派出了第一批探险队，鼓起勇气去北极寻找她丈夫的下落。探险队成员包括苏格兰外科医生约翰·雷，当时他三十多岁，已经是一位老练的北极探险家，曾在哈德逊湾公司（Hudson’s Bay Company）做外科医生。

雷的北极探险日记干巴巴的，写的都是临床上的事，但在今天读来仍能感受到他们付出了多大的努力，当时的条件多么艰苦，完全不适合人类，周围的风景又是多么荒芜。但雷和他寻找的富兰克林探险队的大多数成员不同，他知道自己要面对的是什么。他取得了众多成就，包括第一个完全依靠自己采集猎捕到的食物在船上度过整个北极之冬的欧洲人。雷的职业生涯见证了他沿着海岸线跋涉1000公里，最终发现并描绘出西北航道缺失的最后一段。

对现代读者来说，雷的生存记录看起来就像超人，而在当时的欧洲殖民者眼里，他对打猎、雪中行走和冬季生存简直无所不知。但他的技能都来自和他共同居住、工作的当地土著。与同时代的大多数人相比，他有一个特立独行的看法：他认为北美原住民和自己是平等的。他尊重当地人的知识，正是这些知识让他得以生存，也赋予了他其他探险家所不具备的优势。

最早搜寻富兰克林下落的探险队都无功而返。但雷没有放弃，到1854年春天，他碰到了一群因纽特人，对方告诉他，几年前有一些欧洲水手在这里饿死，临终前在绝望的痛苦中同类相食。因纽特人提供了证据——一些他们从悲剧现场捡到的小玩意儿，其中包括一个刻着富兰克林名字的银盘。雷买下了这些东西，并告诉他们，只要他们还能找到别的类似的东西，他都愿意买。随着天气恶化，他明智地匆匆离开，之后提交了报告和证据。

接下来发生的事情既令人震惊，又在意料之中。英国海军、富兰克林夫人和欧洲社会不愿意接受自己人失败得如此彻底。当时的傲慢和种族主义意味着约翰·雷的报告会遭到一些人的拒绝，被另一些人嗤之以鼻。人们根本无法想象，富兰克林的探险队会沦落到同类相食的地步，也无法想象事情怎么会变得如此糟糕。据说，富兰克林夫人甚至向查尔斯·狄更斯（Charles Dickens）求助，他在1854年写了一部题为《失踪的北极远航者》（*The Lost Arctic Voyagers*）的小册子，暗示很可能是因纽特人杀死了那些勇敢的士兵和水手。当然，狄更斯没有这方面的证据，但书中的一个段落淋漓尽致地体现了那个时代的偏执。他写道，谁也无法证明“富兰克林勇敢的队伍留下的悲伤遗迹不是那些因纽特人自己偷袭杀戮的证据”，还补充说，他“相信每个野蛮人内心都是贪婪、奸诈、残忍的……”①

当然，无法想象的事情的确发生了，因纽特人是对的。1859年，弗朗西斯·麦克林托克船长在船难点发现了那可怕的一幕，之后人们才开始了解到，富兰克林的探险队有多傲慢。

现代法医学和人类学揭露了富兰克林探险队遇难的一大半真相。现在我们知道，他们的船队应对浮冰的能力很差，而且这

---

① 这本小册子的全文请见：https://victorianweb.org/authors/dickens/arctic/pva342.html。

次远征不太走运，因为19世纪40年代中叶的冬天异常寒冷。我们知道，他们携带的那些罐装食品封装的焊料里含铅，可能导致铅中毒。他们必须应对的问题有坏血病，还有失温、冻伤和雪盲症。

历史学家们现在还怀疑，那些看似神奇的罐装食品是由一些品控不佳的公司匆忙生产的，大部分罐装食品很可能在标注的保质期到来之前就已变质，这意味着船队陷入热量短缺的时间远远早于预期。饥饿的船员很可能绝望地吃掉了密封不良的罐头里那些腐烂的垃圾。往最好处说，这会导致食物中毒——进一步削弱已经受损的免疫系统。肉毒素中毒也有可能致人死亡。

但约翰·雷就不一样了。他深谙个中门道，已经学会了很多事，特别是高效利用本地资源的重要性。欧洲社会却因为这一点对他大肆嘲笑，不相信他报告的富兰克林的下落。

富兰克林失败的探险、因纽特人、船难点和约翰·雷的故事与我们讨论的火星计划息息相关。人类正在开启一个新的大发现时代，需要牢记傲慢引发的惨痛教训，不应把所有信仰寄托在技术层面。我们必须记住，谦逊与合作是成功的关键要素，必须设法在现有体系的框架内做出努力，而不是生硬地将一个外星系统强加在原有体系之上。

在火星上，这一点至关重要。当然，无畏的火星探险家需要带上备用食物，毕竟这是一条长路。但要让火星社区生存下来，我们也需要善加利用火星本地出产的东西，包括大气中的二氧化碳、氮和氩，以及地下的磷、水和氧。

如果我们做不到这一点，火星上几乎必然会出现船难点式的悲剧。坏掉的火星车搭载着几个勇敢的灵魂困在某座红色环形山里，被尘暴吞没。很不幸，等到搜索队赶来时，这些宇航员已经被饿死、窒息或渴死。

但船难点的真正教训（也是本书真正的主旨）是：以反思上一个大发现年代的傲慢来结束本书，我们只是部分探讨了如今人类对火箭飞船和地外社区的狂热。当然，我们真正在做的是，讨论人类怎样在地球上生活得更好：尊重极限，谨慎、高效地利用包括人类劳动力在内的各种资源，尽可能让我们的系统保持简约，实现零废弃。

在写作本书的过程中，我们一直在两片"阴影"下笔耕不辍。第一片阴影是当前一批太空机构和亿万富豪们轰轰烈烈飞向外太空时留下的火箭燃料云。从 SpaceX 的自着陆火箭，到2021年在红色星球上着陆的火星车使用的登陆筏，这些技术展现的工程成就举世惊叹。然而，在惊叹于这些工程奇迹的同时，我们也对人类在太空探索中展现出的虚荣感到困惑——全世界第二富有的男人选择了一枚惊世骇俗的阴茎形状火箭作为他首次飞向太空的交通工具。我们的感觉是，今天我们见证的一切交杂着乐观主义和傲慢，这与19世纪那些殖民探险家离开欧洲去征服新大陆时写下的日记何其相似。

第二片阴影当然是新冠疫情。未来或许会有整整一代历史学家穷尽毕生精力试图厘清新冠流行的始末，而现在，我们先聊聊三种有些矛盾的情绪。首先，在我们这个灼热、拥挤、不可持续的世界上，新冠疫情这样的全球性灾难不可避免，而且很有可能在21世纪仍会不断再现。其次，正如新冠疫苗所证明的，人类研发创新型科学解决方案的能力强得惊人。最后，人类主动、理性地管理自我的能力非常糟糕。

俗话说，历史在不断重演。这或许是真的。但如今的气候变化和人口增长意味着，现在的风险有史以来第一次真正由全球共同承担。有鉴于此，如果国际社会想一同避免富兰克林船队所遭遇的厄运——如果我们都不想死在一块荒芜凄清的大石头上，如果我们想让自己的星球保持生机，好让后来者有一个像样的未来，我们至少需要做两件事。我们必须同时拥抱科学的工具和技术，同时更谦卑地理解历史教训，学习该如何使用这些工具。如果能做到这两点，那么在人类这个物种认真考虑飞向群星时，或许可以找到一条更好的通往未来之路。

推荐阅读

如果读者有兴趣的话，我们愿意额外提供一些可能有用的资源。首先我们不禁要强调，我们两人都写过很多关于历史、世界食物体系相关话题的文章。有鉴于此，我们想推荐丽诺尔的《绝世美味》（*Lost Feast*）和《听鳕鱼说话》（*Speaking in Cod Tongues*），以及埃文的《食物帝国》（*Empires of Food*）、《牛肉》（*Beef*）和《不确定的收获》（*Vncertain Harvest*）。

讨论如何在火星上立足的非虚构作品有很多。我们最喜欢的有罗伯特·祖布林（Robert Zubrin）的《赶往火星》（*The Case for Mars*，Simon and Schuster，2012）和斯蒂芬·彼得拉内克（Stephen Petranek）的《我们为什么要去火星？》（*How We'll Live on Mars*，Simon and Schuster，2015）。当然，还有卡尔·萨根的《暗淡蓝点》（*Pale Blue Dot*，Ballantine Books，1997）。在幻想的国度里，事情

更激动人心。金·斯坦利·罗宾逊（Kim Stanley Robinson）的“火星三部曲”（*Mars Trilogy*）是每个人都该读一读的经典（这套作品首印于20世纪90年代，之后又重印过很多次）。埃文钟爱的更晚近的一部小说是艾玛·纽曼（Emma Newman）的《火星时代前传》（*Before Mars*，Ace Books，2018）。

谈到更偏技术视角的科学时，本书涉及的几乎每个话题都有大量一流的科普书籍。例如，介绍纳米技术的好书很多，包括索尼娅·孔特拉（Sonia Contera）的《纳米与生命》（*Nano Comes to Life*，Princeton University Press，2012）。当然，这些领域的科学进展十分迅猛，最前沿的知识大都体现在学术作品中。与之类似的还有关于土壤微生物群的出版物，以及控制利用藻类创造自主食物体系的尝试性研究，这方面的内容主要是学术性的，很少进入公众视野。话虽如此，还是有大量优秀的非虚构图书介绍人类的微生物组，如朱莉娅·恩德斯（Guilia Ender）的《肠子的小心思》（*Gut*，Greystone Books，2018）。

关于温室、垂直农业和在受控环境中务农，我们读过的最棒的书大概是古在丰树（Toyoki Kozai）、钮根花（Genhua Niu）和高垣美智子（Michiko Takagaki）合著的《植物工厂》（*Plant Factory*，Academic Press，2019）。这本书对室内栽培和垂直农业技术进行了全面概述（但对大众来说或许技术性过强）。更宽泛地说，如果读者对未来主义相关话题感兴趣，乔纳森·基特（*Jonathon Keat*）有一本介绍巴克敏斯特·富勒（Buckmaster Fuller）的书，题为《你属于宇宙》（*You Belong to the Universe*，Oxford University Press，2016）。

要更好地理解社会和土地的关系，正如我们在“草2.0”这一章中所探索的，戴维·蒙哥马利（David Montgomery）的《泥土》（*Dirt*，University of California，2012）向读者介绍了人类对地球表层土的依赖。

科普作家已经开始撰写图书介绍细胞农业和生产蛋白质的新方式。值得一提的是，感兴趣的读者或许会发现这两本书很有趣：蔡斯·珀迪（Chase Purdy）的《十亿美元汉堡》（*Billion Dollar Burger*，Penguin，2020）和本杰明·沃加夫特（Benjamin Wurgaft）的《肉类星球》（*Meat Planet*，University of California，2019）。

最后，关于人类食物体系如何带来气候变化和其他环境问题，我们真的都很喜欢比尔·盖茨的《气候经济与人类未来》（*How to Avoid a Climate Disaster*，Random House，2021），以及杰西卡·范佐（Jessica Fanzo）的《拯救午餐能拯救地球吗》（*Can Fixing Dinner Fix the Planet*，Johns Hopkins University Press，2021）。

致谢

每一本书都是团队努力的结晶。除了在文中采访过、提到过名字的人以外，我们还得到了世界各地诸多同行的大力支持和鼓励，特别要感谢母校菲沙河谷大学和圭尔夫大学的同人。本书的许多见解来自五年来我们看过的许多研究项目，这些项目由社会科学与人文科学研究委员会（Social Sciences and Humanities Research Council）和加拿大第一研究卓越基金（Canada First Research Excellence Fund）“深思食物”（Food from Thought）项目支持。感谢我们的经纪人蒂姆·特拉瓦利尼（Tim Travaglini）、ECW 出版社团队，以及 ECW 出版社编辑苏珊·雷努夫（Susan Renouf）。还要感谢不列颠哥伦比亚大学（The University of British Columbia）戴维·弗雷泽（David Fraser）博士提供的实用建议及对初稿的订正。